L'ENSEIGNEMENT

ET LA

PRATIQUE DES ACCOUCHEMENTS

AUX ÉLÈVES EN MÉDECINE A L'HOPITAL D'ARRAS

ET

LES RESPONSABILITÉS

DES COMMISSIONS ADMINISTRATIVES

QUI S'Y SONT SUCCÉDÉES DEPUIS 1873

Par le Dr L. GERME

Professeur d'Accouchements, des Maladies des Femmes et des Enfants,

 avec une lettre d'introduction de M. PARROT

PROFESSEUR A LA FACULTÉ DE MÉDECINE DE PARIS

⁂

« La les abus abondent, la routine les impose
l'ignorance les approuve, l'indifférence se tait,
et la misère subit le tout en silence! (Page 82) »
Homo res sacra homini
Fais ce que dois, advienne que pourra

⁂

ARRAS

IMPRIMERIE ET LITHOGRAPHIE E. BRADIER

76, rue Saint-Maurice, 76

1882

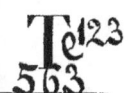

L'ENSEIGNEMENT

ET LA PRATIQUE DES ACCOUCHEMENTS AUX ÉLÈVES EN MÉDECINE

A L'HÔPITAL D'ARRAS

ET

LES RESPONSABILITÉS

DES COMMISSIONS ADMINISTRATIVES QUI S'Y SONT SUCCÉDÉES

DEPUIS 1873.

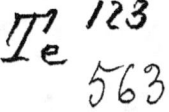

L'ENSEIGNEMENT

ET LA

PRATIQUE DES ACCOUCHEMENTS

AUX ÉLÈVES EN MÉDECINE A L'HOPITAL D'ARRAS

ET

LES RESPONSABILITÉS

DES COMMISSIONS ADMINISTRATIVES

QUI S'Y SONT SUCCÉDÉES DEPUIS 1873

Par le Dr L. GERME

Professeur d'Accouchements, des Maladies des Femmes et des Enfants,

avec une lettre d'introduction de M. PARROT

PROFESSEUR A LA FACULTÉ DE MEDECINE DE PARIS.

« Là, les abus abondent, la routine les impose,
l'ignorance les approuve, l'indifférence se tait,
et la misère subit le tout en silence! (Page 82). »
Homo res sacra homini.
Fais ce que dois, advienne que pourra

ARRAS

IMPRIMERIE ET LITHOGRAPHIE E. BRADIER

76, rue Saint-Maurice, 76

1882

A Monsieur PARROT

PROFESSEUR A LA FACULTÉ DE MÉDECINE DE PARIS.

Monsieur & cher Collègue,

Ce petit travail, par son objet et son but, ne peut-être placé sous un patronage plus autorisé que celui du clinicien sagace, de l'observateur exact et fidèle, qui consacre son activité scientifique à l'étude des maladies, à tort si négligées, des nouveaux-nés; et dont les importants travaux contribueront à diminuer la mortalité si grande à cette période de la vie.

Je le prie de vouloir bien en accepter l'hommage et d'agréer l'expression de mes sentiments respectueux et dévoués.

L. G.

Mon cher Collègue,

Avec vous et avec tous ceux qui sont dès longtemps initiés à la pratique médicale, j'estime qu'en aucune circonstance, l'autorité, le sang-froid, la décision, ne sont plus indispensables au praticien qu'en présence d'un accouchement difficile.

Ces qualités, sans lesquelles je ne conçois pas le véritable accoucheur, d'où lui viendront-elles, si ce n'est d'une instruction solide ; c'est-à-dire, et d'abord, de notions théoriques acquises par la lecture ; puis, d'exercices pratiques nombreux et variés ?

Les premières sont d'une grande utilité sans doute, et servent aux autres, de base et de point d'appui ; mais elles resteraient stériles, sans l'apprentissage clinique ; et je ne crains pas de dire qu'elles pourraient devenir dangereuses, si ceux qui les possèdent, se croyaient dispensés de les compléter et de les féconder par la pratique. — Aussi l'on ne peut admettre qu'un médecin, soucieux de la vie de ses semblables et de sa réputation, aborde les difficultés de l'art obstétrical, s'il n'y a été fortement préparé par les leçons de ses maîtres, et par la fréquentation des cliniques d'accouchements.

Tout cela, nous gens du métier, nous le savons de reste ; et le public est loin de l'ignorer ; aussi, n'est-ce pas sans une véritable surprise, que j'ai lu les pages animées, où vous faites l'énumération des obstacles de toute sorte, que des hommes, dont pourtant, l'on ne peut suspecter la bonne volonté pour les étudiants de votre Ecole, ont mis à l'enseignement pratique des accouchements.

Ils ne peuvent ignorer cependant, que le jour même où il abordera la pratique, le jeune médecin pourra se trouver en présence d'une difficulté obstétricale ; qu'il tiendra, entre ses mains, passez-moi l'expression, la vie de deux êtres ; qu'il la conservera s'il est à la hauteur de sa tâche ; tandis qu'il la compromettra s'il manque de l'instruction suffisante.

Vous avez trop insisté sur tout cela, pour que les Administrateurs de vos Hospices, ne s'empressent de remédier à cette redoutable situation. Ils mettront, je n'en saurais douter, leur légitime autorité au service de la cause que vous défendez ; et ce succès, laissez-moi vous le dire en terminant, l'Ecole de médecine d'Arras, le devra à l'énergique tenacité que vous avez mise à revendiquer les droits de la science et de l'humanité.

Croyez, mon cher Collègue, à tout mon dévouement.

Paris, le 25 Mars 1882.

PARROT.

A MESSIEURS

LES MEMBRES DE LA COMMISSION ADMINISTRATIVE

DES HOSPICES D'ARRAS.

J'ai, Messieurs, l'honneur de vous adresser un travail sur l'en-seignement et la pratique des accouchements à l'hôpital d'Arras, pendant la période réservée aux élèves en médecine, à partir de 1873.

Ce mémoire a été rédigé, non pour faire l'éloge de vos prédé-cesseurs et vous féliciter de les avoir imités, mais dans le but de démontrer que, sur ce sujet, ils ont gravement méconnu leurs devoirs ; qu'ils ont pris des décisions contraires aux données de la raison, aux enseignements de l'expérience et à l'utilité générale ; que vous vous êtes aussi rendus passibles de reproches en suivant en partie leurs errements ; et qu'il importe de prendre au plus-tôt des résolutions répondant aux besoins de l'enseignement obstétrical et témoignant du respect de la vie des femmes qui accouchent à l'hôpital.

C'est, je ne me le dissimule pas, une tâche bien pénible et bien ingrate que celle que je vais m'efforcer de remplir : il m'eut été infiniment agréable de pouvoir proclamer que les commissions, qui se succèdent aux hospices d'Arras, mues par des sentiments élevés et obéissant à une conscience éclairée, se sont toujours empressées de conformer leurs actes aux progrès des sciences et aux besoins publics. Au lieu de ce rôle si facile et si doux, je me vois, à mon très-grand regret, dans la pénible nécessité de m'en prendre à des hommes honorables, qui, en dehors du sujet que je vais traiter, ont dû remplir leurs fonctions avec intelligence et dévouement.

Mais, cette reconnaissance que je me plais à faire et que je signale sans aucun embarras, peut-elle jamais servir d'excuses aux fautes que je vais reprocher, principalement à l'ancienne commission ; peut-elle m'obliger, ou seulement m'inviter à garder le silence ?

Je ne le pense pas.

Comme professeur d'accouchements à l'école de médecine d'Arras j'ai un double devoir à remplir : je dois assurer aux élèves en médecine un enseignement théorique et pratique assez complet, pour en faire des médecins accoucheurs dignes de la confiance que leur accorderont les populations du Pas-de-Calais ; je dois aussi exiger, pour les femmes que nous accouchons à l'hôpital, toutes les conditions hygiéniques et thérapeutiques nécessaires à l'accomplissement heureux de la grande fonction de reproduction.

Sous l'empire de cette double préoccupation, j'ai, depuis plusieurs années, adressé aux commissions des hospices une série de demandes et de revendications qui ont eu souvent pour effets d'augmenter les résistances, les obstacles et les abus contre lesquels je luttais presque toujours en vain.

Maintes fois j'eus la naïveté de me demander pourquoi la commission refusait obstinément de faire droit à des réclamations qui avaient pour objet une cause si juste au fond, et pour but un intérêt d'une portée aussi élevée et aussi générale. Et, loin de me laisser

décourager par ses refus, je conservais l'espérance de la convaincre.
Profonde illusion ! Il eut été plus facile de catéchiser des Papous
que de faire comprendre à l'ancienne commission qu'elle devait
donner satisfaction aux besoins de l'enseignement et fournir aux
accouchées les conditions de milieu voulues par la science.

Tandis que, me plaçant au point de vue des intérêts de l'ensei-
gnement et du public, je luttais pour des questions de principes,
l'ancienne commission, oubliant le caractère public et essentielle-
ment humanitaire de ses fonctions, descendait sans vergogne au-
dessous de sa mission pour faire, de l'objet de la lutte, une question
de personne. Mécontente de voir que son favoritisme n'avait pas été
complété par l'Autorité universitaire, et que le professeur d'accou-
chements n'était pas le médecin de son choix, elle se laissa égarer
par son ressentiment et poussa l'aveuglement, jusqu'à rendre les
accouchées et l'enseignement pratique des étudiants responsables et
victimes de son hostilité à mon égard.

Aujourd'hui la lumière s'est faite, même pour les plus incré-
dules ; les faits se sont accumulés; et, par leurs caractères saisis-
sants et déplorables, ils parlent avec une autorité redoutable ; les
conséquences funestes d'une conduite étroite et passionnée se dérou-
lent à présent au grand jour ; ils viennent, comme des témoins
impartiaux, accuser les commissions des hospices et réclamer à
grands cris des réformes.

En présence de ces témoignages imposants, et malgré les nom-
breuses demandes infructueuses que j'ai déjà adressées aux com-
missions des hospices, je sens que je dois continuer mes revendica-
tions avec plus d'énergie que jamais. Les faits malheureux, dont
nous et d'autres sommes les témoins, m'imposent l'obligation de
faire de nouveaux efforts. Cette obligation est d'autant plus impé-
rieuse que si je me taisais, les faits tomberaient dans le gouffre de

l'oubli pour rester à jamais inconnus — la femme du peuple meurt et l'on n'en sait rien — leur enseignement serait perdu, et la routine administrative continuerait, la conscience tranquille, à suivre les errements du passé.

Or, ce n'est ni ce qui doit être, ni ce que nous voulons. Le temps des ménagements est passé ; aujourd'hui, c'est celui de l'exposé des griefs, des responsabilités et des réformes.

Actuellement, il importe que les obstacles créés et les abus commis par l'ancienne commission, relativement à la pratique des accouchements, soient mis en pleine lumière ainsi que leurs conséquences ; que les fautes et les responsabilités soient bien établies, afin que le tout serve à démontrer les réformes nécessaires et à en obtenir absolument et promptement la réalisation.

Prenant pour maxime : fais ce que dois, advienne que pourra, je me suis efforcé de fournir ce travail en traitant la question avec l'indépendance et l'énergie que peut donner le sentiment profond d'une cause juste et toute d'humanité, et avec l'espérance que cette fois, MM. les administrateurs, vous lui donnerez la solution qu'elle comporte.

Arras, 25 décembre 1881.

L. G.

CHAPITRE PREMIER.

Historique des réclamations et des revendications du Professeur d'accouchements concernant l'enseignement et la pratique de l'obstétrique à l'Hôpital d'Arras ; des efforts faits et des vœux formulés par le conseil municipal ; des refus, des résistances et des obstacles opposés par l'ancienne Commission Administrative des Hospices et par quelques membres du personnel hospitalier.

Lorsque je fus nommé professeur d'accouchements à l'école de médecine, l'enseignement pratique de l'obstétrique aux élèves en médecine était organisé à l'hôpital d'Arras ainsi qu'il suit : les femmes qui, pendant les mois de mai, juin et juillet, entraient à la maternité, étaient d'abord examinées par les élèves sages-femmes ; et, quand la directrice de l'établissement jugeait le travail assez avancé à son gré, elle envoyait la femme dans la salle d'un pavillon situé en dehors de la maternité et faisait avertir le professeur et les élèves en médecine.

En arrivant, ceux-ci constataient que l'accouchement

était, ou terminé ou sur le point de l'être, ou bien la femme fatiguée par les explorations des élèves sages-femmes demandait du repos.

Deux heures après la fin du travail, l'accouchée était toujours reportée par des infirmiers dans les salles de la maternité. Ceux-ci, parfois en état d'ivresse, procédaient sans précaution ; il leur est même arrivé de laisser choir une accouchée et de tomber avec leur fardeau.

Une fois dans la maternité, la parturiente, soustraite à l'observation des élèves en médecine et de leur professeur, était confiée aux soins d'un autre médecin. Si elle devenait malade, on la transférait dans la salle de clinique médicale.

Ajoutons que lorsqu'une femme, après s'être rendue aux mauvais conseils de la maîtresse sage-femme ou de ses élèves, refusait à se laisser accoucher par les étudiants, elle restait dans la maternité.

Frappé d'une pratique aussi bizarre, née je ne sais sous l'influence de quelle conception puérile, pratique tout-à-fait digne des siècles de l'obscurantisme ; frappé des inconvénients et des accidents graves auxquels les femmes étaient soumises ou exposées, de l'insuffisance d'un enseignement clinique que l'on peut qualifier de dérisoire, je m'adressai à Monsieur le Directeur de l'école de médecine et à l'administration des hospices pour les prier de modifier une organisation aussi défectueuse à tous les points de vue.

J'avais confiance dans la justesse de mes réclamations et dans le triomphe d'une cause vraie et d'un intérêt aussi général. Profonde naïveté! je comptais sans les petitesses et les passions humaines. M. le Directeur croyant sans doute, à l'exemple des Hindoux, que la sagesse consiste à *pratiquer le non-agir*, ne bougea pas plus qu'un rocher ; et la commission repoussa dédaigneusement mes demandes, passa outre, ne s'en souciant pas plus qu'un poisson d'une pomme.

En face de cette inditférence systématique, j'écrivis, le 1er avril 1877, à Monsieur le Directeur de l'Ecole de médecine, pour protester contre cette organisation absurde. Je lui déclarai que je ne m'associerais pas davantage à des pratiques contraires aux soins que l'on doit aux femmes en couches, et qu'aucun médecin prudent ne tolère dans sa clientèle ; et je demandai l'établissement d'un service de clinique obstétricale.

Cette fois, l'administration se sentit touchée au vif et sortit de son indifférence, en répondant au Directeur, le 16 avril 1877, une lettre qui ne trahit que trop la mauvaise cause qu'elle soutenait. Nous en extrayons les passages suivants : « L'école de la maternité est sous le patronage spécial du « département qui l'a instituée et en supporte tous les frais. « Cet établissement rend de grands services, et il serait « regrettable de priver pendant trois mois les élèves sages- « femmes de la pratique des soins à donner aux femmes « accouchées et aux nouveaux-nés, pour la confier à des « élèves en médecine qui n'en tireraient qu'un médiocre « profit au point de vue de l'instruction de la médecine. »

Médecins, et gens sensés de toutes les conditions, en croirez-vous vos yeux et vos oreilles, et votre intelligence ne doutera-t-elle pas d'elle-même, en apprenant que la commission des hospices d'Arras a, un jour, dans une vaste salle éclairée au nord et au midi, décidé que l'enseignement pratique est indispensable aux élèves sages-femmes et presque inutile aux élèves en médecine ?

C'est cependant ce qui eut lieu sans hésitation et à l'unanimité. Après une telle résolution qui donc oserait soutenir que nous ne sommes pas en progrès ?

« Le local, écrit-elle, ne convient pas : les communica-
« tions sont trop faciles avec la maternité, et la surveillance
« des élèves sages-femmes qui nous est particulièrement
« confiée, serait tout-à-fait impossible. Si une clinique de
« ce genre était reconnue indispensable, il faudrait l'établir
« ailleurs avec des dépendances qui nécessiteraient de
« grosses dépenses. »

Dans la même lettre la commission nia, après en avoir référé, dit-elle, aux praticiens les plus prudents et les plus autorisés, qu'il y eut aucun danger de transporter une femme nouvellement accouchée, d'un bâtiment dans un autre, même en ayant à traverser une cour, et elle termina avec la prétention de donner une leçon d'étiologie pathologique au professeur d'accouchements.

Je m'empressai de réfuter toutes ces objections inadmissibles additionnées d'étranges paradoxes.

Le 26 avril, je répondis à la commission des hospices
« .... que s'il importe au département d'avoir des sages-
« femmes instruites, il lui importe bien plus d'avoir des
« médecins qui soient de bons accoucheurs. A la campagne,
« ils sont appelés à faire beaucoup d'accouchements ; trop
« souvent même ils sont demandés pour rectifier les erreurs
« des sages-femmes ou réparer leurs fautes, quand c'est
« encore possible !

« Comment seront-ils à même de bien remplir ces
« fonctions délicates s'ils n'ont reçu qu'un enseignement
« insuffisant ? S'il est regrettable, comme le dit la commis-
« sion, de priver pendant trois mois les élèves sages-femmes
« des soins à donner aux accouchées et aux nouveaux-nés,

« pourquoi ne le serait-il pas davantage d'en priver cons-
« tamment les élèves en médecine ? Quelle raison sérieuse
« peut-on invoquer pour motiver une distinction aussi
« arbitraire ? Est-ce, par hasard, qu'un enseignement néces-
« saire aux unes serait inutile aux autres? Ou est-ce, comme
« le soutient la commission, parce que les élèves en méde-
« cine n'en tireraient qu'un médiocre profit qu'il faut les en
« priver ? Pourquoi établir entre les élèves en médecine et
« sages-femmes cette nouvelle différence ? Est-ce que les
« premiers n'ont pas des sens et un jugement aussi à même
« d'être exercés que ces dernières ?

« Est-ce que les faits qu'ils observent ont pour eux moins
« d'importance ?. . . . .

« . . . . . Qu'il fallait avoir plus de confiance en
« la moralité de la jeunesse qui vaut bien celle d'un autre
« âge, et savoir que dans beaucoup d'universités étrangères,
« des jeunes gens des deux sexes suivent ensemble les mê-
« mes cours sans causer de scandale (1) . . . . . .

« . . . . . Qu'aucun membre de l'administration
« ne consentirait à appliquer à sa femme ou à sa fille en
« couches, la conduite tenue à la maternité d'Arras ; qu'ils
« n'accorderaient pas leur confiance à un médecin qui la
« leur conseillerait. »

J'ajoutai : « je suppose qu'au moment où vous délibérez
« à l'hôpital, l'on vous apprenne qu'une dame de la société
« d'Arras vient d'accoucher ; que quand les douleurs se sont
« déclarées le mari a fait transporter sa femme dans un

---

(1) Actuellement, dans presque tous les pays, les écoles de médecine sont ouvertes aux femmes ; 33 sont inscrites à la faculté de médecine de Paris ; elles suivent les cours, fréquentent les cliniques et passent leurs examens; leur tenue est irréprochable.

2

« pavillon situé à une extrémité de son jardin ; que deux
« heures après l'accouchement il l'a fait transférer dans ses
« appartements ; qu'il a chargé un médecin autre que l'ac-
« coucheur de soigner les suites de couches ; que ces suites
« n'ayant pas été heureuses, il a fait de nouveau transporter
« sa femme dans un second pavillon situé à une autre
« extrémité du jardin pour la confier aux soins d'un nouveau
« médecin. Que diriez-vous après avoir écouté un pareil
« récit ? j'ai la conviction que tous vous vous récrieriez et ne
« manqueriez pas de qualifier sévèrement une manière d'agir
« aussi excentrique. Cependant, n'est-ce pas ce qui se fait à
« l'hôpital d'Arras ? N'est-ce pas ainsi que l'on agit indis-
« tinctement pour toutes les femmes accouchées par les
« élèves en médecine, aussi bien la nuit que le jour, avec
« cette circonstance aggravante, qu'il s'agit ici d'un système
« organisé de parti pris à l'égard des femmes enceintes qui
« se présentent à la maternité, avec l'espoir d'être bien soi-
« gnées, et envers lesquelles l'administration des hospices a
« le devoir impérieux d'apporter toutes les conditions hygié-
« niques et thérapeutiques que nécessite leur état. »

Je terminai en exprimant l'espérance que la commission
mieux éclairée, et convaincue que les questions scientifiques
doivent être traitées avec un esprit dégagé de toute influence
émotionnelle, reviendrait sur ses décisions.

Espérance vaine !

Constatant avec regret que la commission avait pris le
parti de n'accueillir mes réclamations que par un *non possu-
mus* ou par des actes hostiles, je pris à mon tour la résolution d'imposer ma volonté au nom des devoirs professionnels.

*
* *

Après l'accouchement qui eut lieu le 4 mai 1877, je m'op-
posai à l'enlèvement de l'accouchée et j'écrivis à M. l'Econome
la lettre suivante : « La nommée Eugénie M. vient d'accou-
« cher. Il serait imprudent et dangereux de la transporter,
« comme c'est l'habitude, dans les salles de la maternité,
« deux heures après l'accouchement.

« En conséquence, je vous invite formellement à vouloir
« bien prendre les dispositions nécessaires, afin que les
« soins qui conviennent lui soient donnés, dans la salle d'ac-
« couchements ou dans la pièce voisine, jusqu'au moment
« ou je jugerai convenable d'ordonner son transférement.

« J'ai l'honneur de vous informer que je réclame le même
« mode d'agir pour les accouchements qui auront lieu pen-
« dant la période réservée aux élèves en médecine.

« Veuillez, etc. »

L'administration céda devant cette résistance et cette invi-
tation formelle ; elle consentit à faire un premier pas en
mettant à notre disposition la pièce voisine de la salle
d'accouchements.

Nous n'eûmes pas longtemps lieu de nous réjouir de cette
concession apparente qui masquait des représailles. En effet,
le mauvais vouloir de l'administration à l'égard de l'enseignement pratique des accouchements se manifesta sous une
autre forme. Elle exhuma de son réglement l'art. 131 qui
donne aux femmes, qui se présentent à la maternité, le droit
de se refuser à être accouchées par les élèves en médecine.

Le personnel de la maternité s'empressa de témoigner à
l'administration un dévouement digne d'une meilleure
cause. Grâce à ses conseils, perfidement doublés du tableau
le plus sombre sur la manière d'agir des élèves en médecine,

le nombre des accouchements pratiqués par ceux-ci en 1877 diminua considérablement : il tomba à trois, soit un par mois !!!

C'est alors que quelques élèves, mécontents de ne pouvoir s'instruire pratiquement dans l'art des accouchements, firent, au nom de leurs camarades, des démarches auprès de quelques conseillers municipaux pour leur signaler les obstacles apportés à leur enseignement par la commission et autres membres du personnel des hospices.

Chose inouïe ! Est-il possible, comme me l'a rapporté une personne bien informée, qu'un confrère ayant appris ces démarches, aurait écrit aux Autorités Universitaires pour demander l'application de peines disciplinaires, à ces étudiants qui avaient osé réclamer les moyens de s'instruire ? O préoccupations personnelles par trop étroites, à quel degré pouvez-vous donc fausser le jugement et le sens moral pour rendre vrai l'invraisemblable, pour en arriver jusqu'à vouloir faire appliquer des sanctions pénales à une action louable, et renverser ainsi les notions les plus élémentaires de la moralité !

*
* *

En 1878, délégué avec quelques-uns de mes collègues auprès de la Commission Municipale de l'instruction publique, et interrogé sur l'état de l'enseignement pratique des accouchements à l'école d'Arras, je lui appris que cet enseignement laissait beaucoup à désirer et je lui exposai les faits et les considérations suivantes : « depuis 1873 jusqu'à cette époque, les élèves en médecine ont pratiqué annuellement, en moyenne 9 accouchements. Si l'on considère que ces élèves doivent suivre la pratique obstétricale pendant deux ans, qu'ils sont divisés en deux séries comprenant chacune une douzaine d'élèves, et qu'il n'y en a qu'une qui assiste à chaque accouchement, on conclura qu'avec 18 accouchements pour l'enseignement pratique de 24 élèves il faut nécessaire ment admettre que parmi les officiers de santé, qui sortent de notre école, il en est qui n'ont pas fait un seul accouchement, et d'autres un nombre insignifiant.

En revanche, les élèves sages-femmes, qui sont généralement au nombre de 12, pratiquent, en moyenne pendant leurs deux années, 102 accouchements. Les femmes accouchées par les élèves en médecine sont aussi observées et soignées, avant et après la parturition, par les élèves.sages-femmes ; elles concourrent donc à l'instruction de celles-ci. Ce qui nous permet de dire : tandis que des officiers de santé vont exercer la médecine sans avoir fait un seul accouchement, les élèves sages-femmes sortent de la maternité après en avoir pratiqué chacune une dizaine et observé 120.

Quand on se rappelle l'art. 33 de la loi de ventôse qui défend aux sages-femmes l'emploi des instruments dans les accouchements laborieux, quand on sait par l'expérience journalière que les sages-femmes se tirent généralement très-mal d'affaire dans les cas difficiles, qu'elles sont souvent forcées d'avoir recours aux médecins, n'y a-t-il pas de quoi s'étonner et s'indigner en voyant ceux-ci, qui, par la loi et les nécessités pratiques, sont obligés d'être mieux instruits, n'avoir à leur disposition qu'un enseignement clinique presque nul, tandis que les sages-femmes, qui n'ont le droit que de faire des accouchements normaux, sont dotées de tous les avantages et accaparent presque la totalité de l'enseignement pratique! Si une inégalité peut se justifier, n'est-ce pas précisément l'inverse?

Il est absolument nécessaire, ai-je ajouté, qu'un pareil état
de choses cesse, que la durée de l'enseignement pratique
des accouchements soit portée à six mois pour les élèves en
médecine, et que pendant cette période, il leur soit exclusivement réservé.

Le temps qui resterait aux élèves sages-femmes serait
suffisant et supérieur à celui exigé par l'art. 31 de la loi de
ventôse (1). »

Le conseil municipal fut frappé par ces renseignements
ainsi que nous le verrons plus bas.

.•.

L'administration des hospices et les siens s'étaient engagés
trop passionnément dans la voie de la résistance pour l'abandonner de sitôt. Aussi, les femmes qui se présentèrent à la
maternité, dans les premiers mois de 1878, pour se faire
saigner, et dont l'accouchement devait avoir lieu pendant le
cours de la période réservée aux élèves en médecine, jouis-
saient du précieux avantage de faire connaissance avec l'art.
131, et recevaient, en guise de prescription médicale. avec
tous les assaisonnements propres à entraîner leur conviction,
le conseil d'user de cet article.

(1) Il était d'autant plus regrettable de priver ainsi les élèves en médecine d'enseignement pratique des accouchements que les élèves sages-femmes ne profitaient pas des avantages qu'on leur faisait. Ainsi, sur 7 élèves sages-femmes qui ont subi, en septembre 1878,
les examens probatoires, 4 ont été d'une faiblesse déplorable et n'ont pas su répondre aux
questions essentiellement pratiques que je leur ai posées L'une d'elles, ayant à formuler par
écrit le résultat de son exploration sur le mannequin de Budin, nous donna le spécimen
d'orthographe ultra-fantaisiste que voici :

« *Je m'est rien sentie ;* » Elles furent reçues malgré mon avis et sont allées, sous le
masque d'un brevet de complaisance, promener leur crasse ignorance parmi les populations
du **Pas-de-Calais.**

La première qui entra à la maternité au début de notre période, c'est-à-dire le 2 mai, y fut retenue et accouchée par les élèves sages-femmes, malgré les réclamations de l'interne auprès de la directrice qui refusa de faire prévenir les étudiants en médecine.

Le 3, j'informai M. le Directeur de ce fait en le priant de défendre les droits de l'enseignement. Je lui disais: «Les obstacles « apportés à notre enseignement, par des esprits étroits et « mal intentionnés, continuent à se produire et à paralyser « nos efforts. Il importe que la lumière se fasse et que les « responsabilités qui espèrent se dérober, soit au moyen « de la confusion ou des subalternes, soient mises à jour ; « car une pareille situation ne peut se prolonger davantage « sans nuire à la considération de l'école de médecine. »

Cette fois, M. le Directeur sortit de sa douce quiétude ; il se rendit auprès de la commission et de la maîtresse sage-femme ; il leur témoigna à tous, m'a-t-il dit, son étonnement et son mécontentement, et il revendiqua les droits de l'école de médecine.

Le 6, il écrivit à la commission pour lui rappeler l'art. 18 de l'arrêté ministériel du 12 mars 1841, pour protester contre les abus de l'année précédente, et exiger le droit pour les élèves en médecine, de faire exclusivement les accouchements pendant 3 mois.

L'administration et les siens se souciaient si peu de nos réclamations et des intérêts de l'enseignement que, le 8 du même mois, une femme enceinte de 8 mois 1/2 s'étant présentée le matin à la maternité, le médecin de cet établissement la garda. Jugeant utile de provoquer l'accouchement prématuré, il appliqua le dilatateur de Tarnier et termina le travail par le forceps la nuit suivante.

Informé de ce fait, j'écrivis le 10 mai à M. le Directeur.
Après le lui avoir signalé, je disais : « En présence de ces
« obstacles qui paralysent nos meilleurs efforts, de ce mépris
« des réglements universitaires, de cette grave et inouïe
« méconnaissance des besoins de l'enseignement médical,
« même par ceux qui doivent le défendre, des conséquences
« fâcheuses que de tels abus provoqueront dans la pratique
« médicale, de la déconsidération qu'ils attirent sur l'école
« d'Arras et du mouvement de décadence qu'ils lui impri-
« ment, j'ai l'honneur, M. le Directeur, de vous prier ins-
« tamment d'aviser, sans délai, aux moyens propres à régu-
« lariser une situation intolérable, à faire mettre le règle-
« ment au-dessus du caprice, les intérêts généraux au-dessus
« des intérêts particuliers et enfin, la raison et le droit
« au-dessus des sophismes et du favoritisme. »

Le 15 mai, la commission répondit au Directeur une lettre,
dans laquelle les revendications de celui-ci sont plutôt élu-
dées qu'admises. Après avoir parlé de sa bienveillance envers
l'école de médecine, elle ajoute : « Il serait bien regrettable
« que l'Ecole ne répondit à nos procédés que par des
« exigences trop grandes et des intolérances exagérées. Le
« fait que vous citez ne s'est produit, dites-vous, depuis
« 36 ans ; nous y sommes tout-à-fait étrangers ; il pourra
« se reproduire, et nous le regretterions à cause de l'école.
« Elle a toutes vos préoccupations et votre sollicitude
« exclusive, c'est tout naturel ; tandis que nous, notre solli-
« citude est obligatoirement éclectique ; nous avons des
« devoirs et des obligations dont nous ne saurions nous
« affranchir, sans engager notre responsabilité morale et
« aussi légale.

« En résumé nous continuerons à l'école notre bienveil-

« lant concours, mais ne négligerons jamais l'intérêt des
« indigents, ni l'observation du règlement. »

Qu'en dites-vous, lecteur? N'est-ce pas là du style administratif dans toute sa beauté, et de la déontologie *éclectique*
puisée je ne sais à quelle école? Quel gâchis de phrases, de
sentiment et d'idées? Il y en a pour tous les goûts.

*Leurs procédés ! nos exigences trop grandes ! nos intolérances exa-
gérées!* En voilà des expressions et des jugements? Et le reste?
Ils sont étrangers au fait signalé, il pourra se reproduire,
ils le regretteront à cause de l'école, etc. Vraiment, c'est
à croire qu'ils n'étaient plus les maîtres dans l'hôpital, que
cet établissement s'était transformé en pétaudière. Et, quand
ils parlent de leur responsabilité, ne semble-t-il pas qu'ils
veuillent nous faire entendre que leur conscience n'est pas
faite comme celle du commun des mortels, que les intérêts
des indigents sont opposés à ceux de l'école de médecine,
qu'il est indifférent à ceux-ci d'avoir de bons médecins, et
que le règlement s'oppose à l'instruction de ces derniers ?

O conscience administrative qui vous montrez si soucieuse
de votre responsabilité et si scrupuleuse pour les intérêts des
indigents, pourquoi donc avez-vous continué à méconnaître
nos réclamations et à admettre, contrairement à nos protestations renouvelées, des femmes en couches dans des locaux
où un quart sont venues y chercher la mort cette année !

Après une réponse si bien conçue et si remarquable, il
était facile de prévoir ce qui est arrivé, c'est-à-dire, une
hostilité croissante vis-à-vis de notre enseignement pratique.

***

Des abus aussi préjudiciables à l'une des parties les plus
importante, *si non* la plus importante, de l'enseignement

médical, ne pouvaient laisser le conseil municipal indifférent. Aussi, lorsqu'en application du décret du 10 août 1877, il fut appelé à voter le budget de l'école de médecine, deux de ses membres les plus distingués, Messieurs Leloup et Degand-Santerne, attirèrent l'attention de leurs collègues sur l'insuffisance de l'enseignement pratique de l'obstétrique à l'école d'Arras.

Dans son remarquable rapport, M. Leloup mit ce fait parfaitement en lumière et en fit voir les fâcheuses conséquences. Nous ne pouvons résister au plaisir d'en citer quelques passages. Après avoir signalé les plaintes qui se sont élevées contre l'école de médecine, le savant rapporteur ajoute :

« Mais nous n'avons pas tout dit. Dans le même ordre « d'idées, nous avons recueilli des élèves en médecine cer- « taines plaintes qui, malheureusement paraissent fondées « et desquelles il ressortirait que, malgré le bon vouloir du « professeur de clinique obstétricale, ces jeunes gens sont « de moins en moins exercés à la pratique des accouche- « ments ; or, sans nous arrêter, pour l'instant, sur ce fait, « bien qu'il présente, sous tous les rapports, une haute « gravité, et l'envisageant seulement au point de vue scolaire, « nous n'avons pu nous empêcher d'y voir une lacune sé- « rieuse dans l'enseignement pratique et susceptible d'exer- « cer une influence fâcheuse sur le résultat des examens. »
Plus loin : « Votre commission a le regret de constater que « la partie pratique de cet enseignement se trouve aujour- « d'hui complètement insuffisante, et sous le rapport du « nombre des accouchements et sous celui du temps accordé « aux élèves pour observer les accouchées, à ce point que « l'on peut considérer notre école comme n'ayant pas, à « proprement parler, de clinique obstétricale. »

Après avoir exposé l'art. 17 et 18 de l'arrêté ministériel du 12 mai 1841, quelques articles du règlement des hospices et fourni quelques explications sur la pratique obstétricale des étudiants, M. Leloup s'écrie : « Est-il possible, dans de « pareilles conditions, d'enseigner sérieusement les accou- « chements. Ce n'est pas en voyant une femme au moment « où le travail est près de se terminer et en cessant de la « voir quelques heures après la terminaison, que les élèves « pourront se former à la pratique ? Comment peut-on « espérer qu'au sortir de l'école, ces jeunes gens seront à « même de faire des accouchements, comment pourront-ils « reconnaître une grossesse, son époque, et traiter les suites « de couches sans les avoir jamais observées ?

« La science des accouchements est basée sur des signes « objectifs pour la perception desquels il faut faire l'éduca- « tion des sens ; la pratique exige assez souvent de la part « de l'accoucheur une intervention active qui est générale- « ment manuelle et alors toujours sérieuse, toujours grave. « Or, pour savoir sentir, pour savoir diriger ses mouve- « ments avec sûreté, avec précision, il faut s'exercer, et cet « exercice n'a pas pour seul avantage de développer la « finesse des sens et la délicatesse des mouvements, il con- « tribue aussi à former l'esprit scientifique des élèves en « leur apprenant à procéder avec méthode, à juger avec dis- « cernement, en les habituant à ne tirer de conclusions que « sur des faits soigneusement observés et logiquement coor- « donnés, et à n'agir que pour remplir des indications par- « faitement déterminées.

« Eh bien ! toutes ces qualités ne s'acquièrent pas dans « un enseignement théorique, c'est à la clinique et dans une « clinique sérieuse seule qu'on peut les puiser.

« Notre école préparatoire, comme toutes les institutions
« de ce genre, est surtout destinée à fournir de bons prati-
« ciens ; il importe donc à l'intérêt des populations, ainsi
« qu'à la dignité de l'école, que nos élèves soient sérieuse-
« ment exercés dans l'art des accouchements ; art qu'ils
« sont appelés si fréquemment à pratiquer dans nos campa-
« gnes et dans des conditions souvent difficiles.

« Ainsi, votre commission ne pense pas, Messieurs, que
« la situation fâcheuse faite à notre école de médecine par
« l'application des articles précités du règlement adminis-
« tratif puisse se prolonger. »

M. Degand-Santerne s'attacha à montrer la cause de cette
série d'obstacles à l'enseignement pratique des étudiants
et en indiqua le remède.

Le conseil municipal, préoccupé à juste titre de l'insuffisance de cet enseignement, émit dans ses séances du 24 mai
et du 7 novembre 1878 divers vœux, parmi lesquels je n'é-
prouve le besoin de rappeler que celui qui demande que les
élèves en médecine soient admis, pendant 6 mois au lieu de
3, à suivre les cours pratiques d'accouchements.

Qu'est-il advenu de ces vœux ? Il est infiniment probable
que l'administration municipale d'alors, pleine d'activité et
de sollicitude pour exécuter les décisions de ses coopéra-
teurs et aimant mieux d'ailleurs savourer les douceurs de
l'inertie, s'est empressée de les laisser dormir dans les
cartons ?

Quoi qu'il en soit à cet égard, une chose est certaine : c'est
que malgré nos instances et les vœux du conseil municipal,
la commission des hospices n'en continuait pas moins à en-
traver notre enseignement pratique. A la date du 21 juin
1878, les élèves en médecine n'avaient fait que 5 accouche-

ments ; 4 autres avaient eu lieu à la maternité sous le bénéfice de l'article 131.

*
* *

Ces obstacles ne suffisaient pas à donner satisfaction aux
sentiments hostiles dont nous étions l'objet. On nous a
créé d'autres difficultés; mais celles-ci, de l'ordre le plus
grave.

Après avoir porté atteinte à la dignité de l'école de médecine et de son enseignement obstétrical, on poussa l'abus
jusqu'à méconnaître le respect que l'on doit à la vie humaine,
aux malheureuses qui se rendent à l'hôpital pour y accoucher.

Ainsi, nous avions a lutter contre de mauvaises conditions
hygiéniques qui semblaient être accumulées à plaisir, pour
jeter la déconsidération sur le service obstétrical, en le ren-
dant dangereux pour les femmes en couches et en les forçant,
par la crainte de ces dangers, à s'abstenir de s'y rendre.

Dans les premiers mois de l'année 1878, la salle d'accouchements recevait les cadavres des individus décédés à
l'hôpital. Lorsque les cours pratiques recommencèrent,
l'interne frappé de l'odeur qui s'exhalait d'un lit inoccupé,
situé à côté de celui d'une accouchée, souleva les matelas
et les trouva complètement traversés par une grande quantité de sang qui lui paraissait remonter à l'année précédente.
Aussitôt que nous eûmes cessé le service, on continua de
mettre des cadavres dans la salle qui, alors, n'était aérée que
par deux impostes mobiles.

Les soins donnés aux femmes par les élèves sages-femmes
et leur directrice laissaient beaucoup à désirer. Contrairement
à nos prescriptions, on négligeait de laver les femmes et de

faire des injections vaginales aseptiques. Elles manquaient des soins de propreté les plus élémentaires : nous avons constaté des draps d'alèze imbibés de lochies putrides, exhalant une odeur infecte, qu'on laissait sous les accouchées en se contentant de glisser sous le tronc la partie sèche et d'enrouler la partie souillée.

Faut-il s'étonner si, dans d'aussi mauvaises conditions et malgré le petit nombre de femmes, plusieurs ont été atteintes de septicémie puerpérale ?

La malveillance mettait tout en œuvre. On allait jusqu'à effrayer les accouchées en leur disant que nous ferions des expériences sur elles. Deux sont sorties brusquement de l'hôpital sous l'influence de cette odieuse calomnie distillée par des langues féminines.

**

C'est après avoir été le témoin attristé de tous ces obstacles, de toutes ces misères indignes d'hommes qui se respectent et occupent des fonctions publiques ; c'est après en avoir constaté les fâcheuses conséquences pour l'enseignement et pour les accouchées, et reconnu l'inutilité de mes efforts pour vaincre la résistance aveugle de la commission des hospices, que je résolus de mettre littéralement à exécution l'art. 18 de l'arrêté ministériel du 12 mars 1841, ainsi conçu : *Les élèves qui suivront les cours d'accouchements et les élèves de 3e année seront admis tour à tour, par série et pendant 3 mois, à pratiquer les accouchements dans les salles de la maternité.*

En conséquence, le 2 mai 1879, je pris possession des salles de la maternité en y faisant transférer une femme en couches et en y installant les élèves en médecine.

Cet acte, qui n'était après tout que la simple entrée en jouissance d'un droit, jeta l'émoi dans le personnel hospitalier ; et M. le Vice-Président de la commission administrative prévenu, vint aussitôt intimer aux élèves en médecine l'ordre de se retirer.

Informé de cette expulsion, j'écrivis immédiatement au Directeur pour protester contre cet abus d'autorité, car je considère que nous étions chez nous en vertu des règlements universitaires. Dans cette lettre qui a été transmise à l'administration, je disais : « Il importe que les règlements et l'en-
« seignement universitaires ne soient pas mis davantage en
« échec et entravés par les résistances de l'administration
« des hospices d'Arras.

« J'ajoute qu'elle se trompe, si elle croit satisfaire aux
« exigences de l'art. 18 en mettant deux petites salle à no-
« tre disposition. *Ces locaux ne constituent point les salles de*
« *la maternité ;* ce n'est pas là que les femmes accouchent
« ordinairement ; et ils ne sont pas disposés pour le ser-
« vice d'une clinique obstétricale ; nous en avons fait à
« regret la triste expérience l'an dernier, *et il faudrait avoir*
« *bien peu de respect de la vie humaine pour la recommencer de*
« *nouveau.* »

Le Préfet et le Recteur furent informés de ma tentative —
j'ignore en quels termes — par la commission, qui, après
diverses délibérations et pourparlers, consentit à mettre à la
disposition du professeur les trois salles du pavillon ainsi
qu'une petite cour.

Je jugeai cette concession insuffisante ; ce n'était pas ce
bâtiment mal placé, mal disposé que je désirais. Cependant,
pour le rendre moins incomplet, je demandai, entre autres
choses, la construction d'une pièce pour le professeur et

dans laquelle les élèves auraient pu se retirer et éviter, au moment des accouchements, de séjourner trop longtemps dans les salles et d'ajouter encore aux effets déjà fâcheux de l'encombrement.

Comme toujours, l'ancienne commission répondit par un refus. Sa lettre, datée de mai 1879, est un témoignage éclatant du défaut d'esprit de suite qui présidait à ses décisions. Nous en extrayons les passages suivants : « En construisant « ce pavillon, en 1840, pour *l'usage exclusif* de l'école prépa-« ratoire de médecine, la commission administrative a « imposé à la dotation de l'hospice un sacrifice considérable. « Il a été jugé convenable et suffisant jusqu'à ce jour : C'est « l'appréciation exprimée par M. le Recteur dans la réponse « toute récente qu'il nous a adressée . . . .
« . . . .
« . . . . Nous pensons que la construction d'une pièce « supplémentaire n'est pas justifiée. »

Apportons un peu de lumière dans les élucubrations de l'ancienne commission :

Le 16 avril 1877, à propos du même pavillon, la commission écrivait que le local ne convient pas, que les communications sont trop faciles avec la maternité, que la surveillance des élèves sages-femmes serait tout-à-fait impossible, et que si une clinique obstétricale était reconnue indispensable il faudrait l'établir ailleurs. (Voir plus haut page 16).

Au mois de mai 1879, autre langage : La commission écrit que ce pavillon a été construit en 1840 pour l'usage exclusif de l'école de médecine et qu'il a été jugé convenable et suffisant jusqu'à ce jour.

S'il a été construit en 1840, exclusivement pour nous, pourquoi donc nous l'a-t-elle refusé en 1877 ? Pourquoi a-t-il fallu

tant de luttes et d'efforts pour obtenir une deuxième salle
en 1877 et une troisième en 1879 ? Pourquoi ensuite l'a-t-elle
converti quelquefois en salle des morts? Jugeant le local
convenable et suffisant dans sa lettre de mai 1879, comment
se fait-il qu'elle ait pu écrire, le 16 avril 1877, qu'il ne convient pas et que s'il en fallait un, il faudrait le placer ailleurs ? Et puisque ce pavillon n'avait jamais été utilisé dans
son entier pour le service obstétrical — au moment même où
elle écrivait sa dernière lettre — sur quelle expérience se
basait-t-elle pour le juger convenable et suffisant? Comment
expliquer que la surveillance des élèves sages-femmes, impossible en 1877, a pu se faire à partir de 1879, et qu'une pratique de trois années a démontré que, sans gardiens ni
factionnaires, les enfants de Lucine et les disciples d'Hip-
pocrate ont gardé une conduite contre laquelle n'a pu
s'élever le moindre soupçon ?

Que dire et conclure au milieu de contradictions si cho-
quantes ? Je vous laisse, lecteur, si cela vous convient, le
soin de choisir et d'y chercher la raison et la vérité. Si vous
avez le bonheur de les rencontrer, vous serez un heureux
mortel ! Pour moi, au lieu de perdre mon temps dans cette
recherche, j'aime mieux emprunter le langage de ce Persan,
qui, après avoir entendu une discussion sans raison, s'écria :
j'entends bien le bruit de la meule, mais je ne vois pas la farine.

Non, il n'est pas permis à des hommes qui occupent des
fonctions publiques aussi importantes, de prêter ainsi le flanc
à la critique et de s'oublier jusqu'à prendre des décisions
contraires au bien général, et empreintes de ridicule, de
petitesses et d'inconséquences !

* *
*

J'ai aussi appris qu'alors, pour motiver ses refus, la commission se laissait guider par une singulière considération. Elle disait : si nous faisons droit aux réclamations de ce professeur, demain il nous demandera davantage ; mieux vaut donc ne rien lui accorder. Certes, connaissant les dispositions d'esprit de cette commission, je me serais bien gardé de lui demander d'emblée, et tout d'un bloc, tout ce qui est nécessaire à mon enseignement et à la pratique obstétricale. J'ai trop bien retenu le conseil de ce philosophe qui nous dit : *qu'une idée nouvelle, un progrès, c'est comme un coin qu'on ne peut faire pénétrer dans les esprits que par le petit bout*. S'il vivait encore, il constaterait qu'il y a des esprits réfractaires, même au *petit bout*.

***

Tandis que nous réclamions l'agrandissement du pavillon et un agencement plus convenable des salles, l'ancienne commission se croyant la science infuse, et toujours jalouse d'exercer son omnipotence, jugea qu'il y avait excès de bien dans les conditions hygiéniques de nos accouchées. En effet, deux de nos salles ne s'aéraient que par des portes vitrées s'ouvrant sur la cour de la maternité. Que fait la commission ? Elle charge la sage-femme de prendre les clefs de ces portes et lui donne le droit de les fermer ou de les ouvrir à son gré. Cette dame, subitement transformée en portière, s'empresse d'accepter, avec une satisfaction et un sérieux dignes d'un geôlier, la mission de grande dispensatrice du *pabulum vitæ* de nos accouchées et des nouveaux-nés.

Nous avions bien entendu parler de,

. . . . *Perrette ventrière,*
Qu'un parlement transformait en sorcière ;
(Farre).

mais, nous ne nous doutions pas qu'à Arras, un autre spectacle aussi curieux qu'amusant nous était réservé. Il nous permit de constater que,

par changements bien ordonnes
l'irritable ventrière,
fut transformée, pour nouveaux-nes,
en despote portière.

Des fenêtres sont ouvertes et l'on se dispose à les cadenasser et à en confier les clefs toujours à la directrice.

Nous ravir l'air n'était pas une conception à la hauteur du génie administratif, ni une privation suffisante pour nos accouchées. Il fallait progresser, et l'on progressa. Ce fut un jour mémorable, entre tous, que celui où fut conçu le fameux projet de nous priver de lumière et de transformer nos salles en une nouvelle Bastille en miniature. Des soufflets, de plus de 1m50 de hauteur, destinés à être placés devant les fenêtres de notre pavillon, furent commandés ; le menuisier en a construit le modèle. J'ai eu le plaisir de contempler cette exécution, encore dans le stade embryonnaire, et de juger jusqu'à quel degré peuvent s'élever les conceptions administratives !

En présence de ces mesures où le ridicule et l'odieux se disputaient leur part, quelle était la situation de nos accouchées et le rôle du professeur ? Elles se trouvaient dans des salles viciées sans qu'il nous fût possible de les aérer J'en étais réduit à inviter l'illustre ventrière, devenue portière, à vouloir bien venir ouvrir les portes et à nous donner de l'air : tantôt elle se rendait à nos désirs ; tantôt, pour le plaisir de faire acte d'autorité, elle refusait et violait scandaleusement, même pour un enfant, le deuxième commandement de Lucine ainsi conçu : .

> *Autour de lui menageras,*
> *D'air frais et pur un bon courant !*
>
> (Lyon médical).

Un jour, un nouveau-né vient en état de mort apparente. Pas moyen de lui faire respirer un peu d'air frais pour le ranimer. Nous avons dû forcer les serrures, déclarer que dorénavant toute porte de nos salles fermée à la clef serait forcée immédiatement, qu'il en serait de même des fenêtres, et que si l'on plaçait les fameux soufflets, ils seraient enlevés aussitôt. Du coup, le menuisier reçu l'ordre de se reposer et j'ignore ce que l'on fit du modèle. .

Ceux qui me liront se demanderont s'il est possible que de pareilles sottises aient pu être commises, dans l'hôpital d'un chef-lieu de département, en plein XIXᵉ siècle? Qu'ils se tranquillisent ; je vais achever de les convaincre en leur disant que, pour avoir voulu donner aux accouchées et aux nouveaux-nés ce que l'on ne refuse même pas aux plantes, de l'air et de la lumière ; pour avoir lutté contre des obstacles inouis, malveillants et inhumains ; pour avoir mis fin à des actes révoltants, je fus l'objet de dénonciations calomnieuses formulées par des personnes qui me sauront gré de ne pas les nommer et qui, si depuis leur conscience s'est éclairée, doivent regretter aujourd'hui d'avoir joué un rôle aussi dégradant. A la suite de ces perfides calomnies, je fus appelé, à plusieurs reprises, à me justifier devant les Autorités académiques. O sottise humaine, tu es insondable !

La ventrière, dépossédée de son rôle de portière, mais toujours sous le coup d'inspirations malfaisantes, usa d'autres moyens. Ne pouvant plus vicier l'air de nos salles à son gré, elle prit le parti de les vicier moralement.

> *Oubliant qu'elle doit être,*
> *D'un culte saint, consolante prêtresse,*
> *Dans l'art si cher aux Dames de la Grèce,* (Farre).

chaque jour elle venait, plusieurs fois, jeter la perturbation dans l'esprit et le moral de nos accouchées, par des violences de langage, que nous ne voulons qualifier autrement qu'en disant, des plus regrettables. Il fallut lui interdire l'entrée des salles.

S'en prendre à deux appareils du trépied vital, le poumon et le cerveau, c'était faire les choses à demi et se livrer à une besogne incomplète, tout-à-fait au-dessous de gens qui, l'esprit fertile en ressources, voulaient prouver après Alibert que

> *L'art de bien vivre est l'art de s'abstenir.*

En conséquence, des côtelettes, artistement éventrées et vidées par un cuisinier habile, furent servies aux accouchées.

Pour mettre fin à ces repas homœopathiques, je dus faire savoir, à qui de droit, que nous ne pratiquions pas les accouchements sur l'espèce canine, et que si pareil fait se renouvelait, je renverrais les os à ronger aux personnes qui avaient mangé la chair (1).

Ici s'arrête l'exposé des principaux conflits que nous avons eu à soutenir contre l'ancienne commission des hospices.

---

(1) Assurément, je ne rends pas l'administration responsable de ce fait que je cite pour prouver qu'une fois entré dans la voie des abus, l'on trouve toujours des serviteurs qui s'empressent d'imiter l'exemple des chefs et de devenir plus royalistes que le roi.

Lorsque, en application de la loi Plessier, la commission des hospices fut renouvelée, je conçus l'espérance d'être plus heureux dans mes réclamations.

Le 27 février 1880, j'écrivis à Monsieur le Directeur de l'école de médecine pour le prier de réclamer, en son nom et au mien, diverses améliorations formulées ainsi qu'il suit :

« 1° Autoriser les élèves en médecine, conformément aux
« vœux réitérés du conseil municipal d'Arras, à suivre la
« pratique des accouchements pendant 6 mois au lieu de 3.

« 2° Agrandir le pavillon de la maternité et le disposer de
« manière à ce qu'il convienne à l'usage d'une clinique obs-
« tétricale.

« Lorsque l'an dernier ce pavillon fut mis à ma disposi-
« tion, je fis remarquer son insuffisance.

« Il me fut répondu qu'il serait suffisant vu le petit nombre
« de femmes admises à la maternité.

« L'expérience démontra le contraire.

« Il y eut en général une dizaine de femmes, ou accou-
« chées, ou en travail ou à terme, y compris la garde.

« Dans des locaux si restreints, les femmes se sont trou-
« vées dans de mauvaises conditions hygiéniques ; la
« septicémie puerpérale s'y est déclarée comme l'année
« précédente ; deux femmes ont succombé, et plusieurs ont
« été atteintes du même mal.

« Pour que ce pavillon remplisse les conditions voulues
« par la science moderne, il faut :

« A. Multiplier les chambres en allongeant le bâtiment et
« en l'élevant d'un étage.

« B. Ne placer dans chaque salle qu'un nombre de lits en

« rapport avec leur capacité, c'est-à-dire un pour 90 à 100
« mètres cubes d'air.

« *C.* Les isoler et les faire ouvrir dans une galerie com-
« mune adossée au bâtiment du côté de la cour, etc., etc. »

L'un des membres de la commission, M. L. Renaud, actuellement maire d'Arras, fut chargé d'étudier ma demandé ; il
voulut bien examiner avec moi les changements et les améliorations à apporter dans le local affecté à la clinique obstétricale. Je dois dire, à la louange de cet administrateur éclairé
et animé du désir de bien faire, qu'il en constata de suite
la mauvaise disposition et qu'il reconnut la nécessité d'y faire
des modifications importantes, pour le rendre hygiénique et
éviter la transmission de la septicémie puerpérale.

Je crois même qu'il fit à ce sujet un rapport à la commission. Depuis lors, l'année 1880 s'est écoulée sans qu'aucune suite ait été donnée au projet de Monsieur L. Renaud.

Nous sommes arrivés à la fin de 1881 sans être plus avancés,
si ce n'est que nous avons pu renouveler, cette année, la funeste
expérience — mais cette fois d'une façon terrible — des dangers et des conséquences presque fatales auxquelles sont
soumises les malheureuses qui viennent à l'hôpital, pour
accomplir tranquillement le travail de l'accouchement, sans
se douter qu'elles pénétrent dans un antre empoisonné.

Nous reviendrons sur ces faits malheureux, qui sont au
nombre des principaux motifs qui nous ont déterminé à
entreprendre ce travail.

CHAPITRE II.

Les obstacles apportés par l'ancienne Commission des Hospices à l'enseignement pratique des accouchements aux Élèves en médecine de l'École d'Arras, jugés et condamnés par les besoins des populations et les représentants des intérêts publics ; par la raison, par l'expérience obstétricale, par les savants et les praticiens les plus autorisés, et enfin par la conscience humaine.

Je vais, dans ce chapitre, démontrer qu'en restant sourde à mes revendications relatives à l'enseignement pratique de l'obstétrique, et en me faisant une opposition constante, l'ancienne commission a méconnu ses devoirs et s'est rendue gravement coupable, quel que soit le point de vue élevé où l'on se place pour juger sa conduite.

**

Si je la considère relativement aux besoins des populations, la question mérite d'être étudiée au double point de vue de la famille et de la société.

Examinons-là d'abord en ce qui concerne la famille.

C'est la douleur, l'amour du bien-être et la peur de la mort qui ont fait naître la médecine et les médecins. Avec le progrès des sciences et de la civilisation, les moyens de l'art de guérir se multiplient chaque jour, les médecins deviennent meilleurs, le public leur témoigne plus de confiance, et, au besoin, s'empresse généralement d'avoir recours à leurs lumières.

Parmi les faits où les familles n'hésitent pas à réclamer l'assistance médicale, soit sous forme de sage-femme ou de médecin, il faut citer les accouchements. Qu'ils soient normaux ou anormaux, dans bien des cas, et surtout les graves, le sort de deux existences est souvent lié au savoir et à l'habileté de l'assistant diplômé.

Le public le sent si bien, que lorsqu'il s'agit du grand acte de la parturition, pauvres ou riches ont presque partout recours à la sage-femme ou au médecin. Et, lorsqu'il y a difficultés ou dangers, toujours à ce dernier.

Il est, en effet, incontestable que les médecins sont souvent appelés à remplacer les sages-femmes dont l'intervention est fréquemment impuissante, inefficace ou dangereuse. « Si, dit Munaret, la matrone pèche par l'aveugle assurance de son impéritie, l'accoucheuse jurée avec son demi-savoir, s'entoure de dangers imaginaires, s'embrouille avec toutes les complications scolastiques dont on a meublé sa cervelle de perruche et n'ose aventurer la plus simple version qui mènerait à bien le molimen de la nature (1). »

Les connaissances et la pratique obstétricales sont, alors

(1) Munaret, médecin des villes et des campagnes.

surtout, indispensables aux médecins. D'ailleurs, sauf quelques heureuses exceptions, c'est à eux que l'on doit les grands progrès accomplis dans cette branche de la science biologique.

Des médecins bien versés dans la théorie et la pratique des accouchements sont donc nécessaires au public: il les demande et accorde facilement sa confiance à ceux qu'on lui donne. Lui en fournir d'insuffisants, c'est manquer à ses besoins, tromper son attente, abuser d'une confiance qui ne s'éclaire, que pour s'évanouir au milieu de regrets et de malheurs irréparables, et mériter le jugement sévère de l'opinion qui manque rarement.

Malheureusement, ceci n'est pas une hypothèse ; ce sont des faits : des officiers de santé, insuffisants dans la pratique des accouchements, par le fait de l'ancienne commission des hospices, des sages-femmes *en culotte*, comme disait Baudelocque, sont sortis de notre Ecole ; des fautes graves et même grossières ont été commises. L'on a vu des familles indignées s'écrier comme Corneille :

Et la pauvre Emilie est morte en accouchant.

On les a entendues ajouter sous forme de commentaires: Comprends-t-on que l'on reçoive des médecins aussi maladroits ? Où a-t-il fait ses études? Qu'est-ce qu'on lui a appris dans cette Ecole ? Est-il permis de délivrer des diplômes à des à... pareils ? etc. etc.

Qui doit-être l'objet de cette indignation ? Qui est responsable de bien de ces cas malheureux ? Qui mérite ces jugements? L'ancienne commission. Aussi, comme il est de toute justice que chacun subisse les conséquences bonnes ou mau-

vaises de sa conduite, nous répondons aux familles éplorées
et au public : l'Ecole et son enseignement ne sont pas tant
responsables des fautes que vous reprochez à certains accoucheurs ; vos jugements sévères passent au-dessus de nos
têtes pour aller atteindre l'ancienne commission des hospices d'Arras; elle les mérite bien d'ailleurs, car elle a ravit volontairement, aux élèves en médecine, les moyens pratiques
d instruction qu'elle devait leur fournir, sans se soucier de
ses devoirs et de vos besoins, et sans se douter qu'un jour
vous feriez entendre vos protestations indignées.

*
* *

Si le décès d'une femme en couches, d'un enfant nouveau-
né, viennent jeter la consternation dans une famille, ils en-
traînent, en se répétant, de graves conséquences sociales ;
ils frappent et lèsent une nation dans ses intérêts économi-
ques, intellectuels et moraux.

Ces conséquences sont surtout graves pour la nationalité
française, dont l'abaissement relatif de sa population peut
aller jusqu'à en compromettre l'existence.

En 1700, la France avait environ 19 millions d'habitants ;
sa population formait les 38 centièmes de celle des grandes
puissances de l'Europe. En 1789 elle s'élevait à 28 millions,
et ne formait plus que les 27 centièmes de la population de
ces mêmes puissances qui avaient progressé plus rapidement. En 1815, elle n'est plus que de 20 pour 100, c'est-à-dire
près de deux fois moins qu'en 1700. En 1880, la proportion
est tombée à 13 pour 100 : les grandes puissances européennes comptent aujourd'hui 270 millions d'habitants sur lesquels la France n'en a que 37.

Ce fait, qui, ainsi que l'a démontré J. Bertillon, affaiblit notre influence politique, militaire, économique, intellectuelle et morale, est dû en grande partie à l'abaissement de la natalité. Tandis qu'en France, au siècle dernier, sur 1000 femmes de 15 à 50 ans, il naissait annuellement 150 enfants, actuellement il n'en naît plus que 102 et toujours 150 en Allemagne.

Il est dû aussi à la mortalité des enfants, qui, pour n'être pas plus considérable qu'ailleurs, est plus sensible en raison de notre infériorité dans les naissances.

Sur 1000 enfants mâles, il en meurt le premier mois 83 et la première année 192.

Sur 1000 enfants femelles, il en meurt le premier mois 67 et la première année 164.

Ce qui surtout devient inquiétant, c'est que depuis le règne de Louis-Philippe, cette mortalité augmente chaque année.

« Qu'importe à la nation allemande, écrit J. Bertillon, la mort d'un enfant de 15 jours ? Ils en ont tant qu'ils peuvent bien en perdre quelques-uns ! Pour nous la perte est plus grave : puisque nous avons peu d'enfants, efforçons-nous du moins de ne pas perdre ceux que nous avons (1) »

Quand on considère ces faits et que l'on voit combien ils sont menaçants pour notre nationalité, n'est-il pas déplorable de constater que, pour emprunter l'expression de Barthez, des moules aux enfants se brisent, des nouveaux-nés

(1) J. Bertillon, de la statistique humaine en France. p 110.

meurent, quelquefois dans les mains du médecin, par le fait de son impéritie et de son inexpérience ?

Et, quand on pense que l'inexpérience de bien des praticiens du Pas-de-Calais est due à l'ancienne commission, qui un jour a décidé que les élèves en médecine ne tireraient, de la pratique des soins à donner aux femmes accouchées et aux enfants nouveaux-nés, *qu'un médiocre profit pour leur instruction médicale,* n'est-ce pas révoltant ? N'est-ce pas le comble de l'aveuglement, de prétendre justifier par une considération aussi insensée, cette mesure inique et inhumaine qui a eu pour effet d'enlever à de futurs médecins, les moyens pratiques d'instruction qui devaient leur permettre de conserver des existences dont le pays a si grandement besoin.

Ah ! membres de l'ancienne commission, qui avez résisté obstinément à nos réclamations, en vous drapant dans le sentiment de votre infaillibilité et de votre omnipotence de fait, voyez-vous aujourd'hui ce qui en résulte ?

Les intérêts nationaux vous condamnent. Que dis-je ? Vous l'êtes depuis 1770, au nom de ces mêmes intérêts, par les Etats d'Artois.

Les hommes éclairés qui composaient cette assemblée, préoccupés de procurer aux campagnes de la Province des sages-femmes instruites — et nous pouvons ajouter des chirurgiens-accoucheurs également instruits ainsi qu'ils l'ont prouvé dans l'assemblée à la main de 1782 — et frappés du tort que les accoucheuses faisaient « *à la société en les privant de mères fécondes et souvent de citoyes utiles à l'Etat* » créèrent une Ecole d'accouchement.

N'est-il pas à la fois instructif et pénible d'apprendre, qu'à une époque où la population française formait encore les 27 centièmes de la population des grandes puissances européennes, des hommes publics se préoccupaient de conserver des *citoyens utiles à l'état*, tandis qu'aujourd'hui, où la proportion de notre population est tombée à 13 centièmes, nous voyons d'autres hommes publics agir comme s'ils avaient l'intention de l'abaisser encore !

O ancienne Commission, quelle dure leçon vos ancêtres viennent vous donner à une distance plus que séculaire !

*
* *

La conduite de cette commission fameuse, qui aurait dû prendre le nom de *Commission du célibat*, est également condamnée par les représentants des pouvoirs publics :

En 1782, les États d'Artois, ayant à délibérer sur un projet de réunion des Ecoles d'anatomie, de chirurgie et d'accouchement, acceptaient les propositions de leurs commissaires, qui s'exprimaient ainsi : « Les secours se sont multipliés pour les accouchements, mais ce n'est pas assez d'avoir procuré des accoucheuses instruites, et lesquelles sont véritablement essentielles; il n'est pas moins important d'augmenter le nombre des accoucheurs parmi les chirurgiens dont il est souvent de toute nécessité de se servir, et lesquels doivent être versés dans un art qui intéresse l'humanité, la population et la vie des citoyens. L'instruction ne doit pas être plus négligée à l'égard des unes, qu'à l'égard des autres, et le plan d'union des trois Ecoles déjà établies, qu'on va mettre sous les yeux de l'assemblée, démontrera combien elle est avantageuse. »

Quel beau langage ! Comme il exprime bien les besoins des populations et les moyens d'y donner satisfaction.

Hommes éclairés du siècle dernier, vous subissiez l'influ-

ence de ce grand mouvement philosophique, qui, en procla-
mant le respect de la dignité humaine, entraînait l'humanité
vers la conquête de ses droits ; vous constatiez les besoins
de vos concitoyens, et vous vous empressiez d'y pourvoir, en
créant des institutions utiles, sans vous douter, qu'à près de
cent ans de distance, le 16 avril 1877, vous auriez dans la commission des hospices d'Arras, je ne dirai pas des continuateurs indignes de vous, mais des adversaires assez aveu-
glés pour refuser l'établissement d'un service de clinique
obstétricale pour l'enseignement des élèves en médecine, en
ajoutant que ces *derniers n'en tireraient qu'un médiocre profit
au point de vue de leur instruction médicale !*

Progrès, tu n'es donc qu'un vain mot ? Ou, pourquoi
souffres-tu que tes lois soient aussi scandaleusement vio-
lées ?

***

Les continuateurs de cette assemblée provinciale, je veux
dire les conseillers généraux, n'ont pas eu, à ma connaissance du moins, l'occasion d'exprimer leur avis à l'égard de
l'enseignement pratique des accouchements aux élèves en
médecine. Mais il est facile de pressentir leur pensée. *Ces
hommes éclairés, dont la plupart vivent au milieu de nos campagnes, connaissent trop bien les besoins des populations et ont trop à
cœur d'en être les interprètes sincères et efficaces, pour ne pas
désirer vivement et vouloir de bons médecins accoucheurs.*

Ce vouloir est implicitement contenu dans la sollicitude
qu'ils témoignent à l'Ecole de médecine d'Arras, non par
des vœux platoniques, mais en s'imposant des sacrifices
importants, ainsi qu'ils l'ont de nouveau prouvée cette année,
en augmentant de 3000 francs, sur la proposition de notre

sympathique concitoyen, M. Leloup, la subvention déjà élevée qu'ils votent annuellement pour l'Ecole de médecine.

Je suis convaincu que s'ils avaient été au courant des obstacles apportés par les hospices, à notre enseignement pratique, ils se seraient empressés d'imiter les Etats d'Artois et
le Conseil municipal d'Arras. Car ce sont là des questions
complètement et exclusivement d'intérêt général, où heureusement, les divisions s'effacent et s'inclinent devant les
besoins et les nécessités qui commandent à toute l'humanité,
et dans le temps et dans l'espace.

*
* *

Le Conseil municipal d'Arras a bien exprimé ce qu'il pense
à l'égard de l'insuffisance de l'enseignement pratique de l'obstétrique et des prétentions de l'ancienne commission. Ses
revendications sont vivement et savamment formulées dans
le rapport de M. Leloup (1) et dans les divers vœux adoptés
dans les séances du 24 mai et 7 novembre 1878.

*
* *

En 1837, le Ministre de l'instruction publique Salvandy et
Orfila, doyen de la Faculté de médecine de Paris, s'élevaient
énergiquement contre des abus semblables à ceux que nous
reprochons à l'ancienne commission et qui alors étaient
presque généraux.

Dans sa circulaire aux Préfets et aux Recteurs, en date du
6 octobre 1837, le ministre, s'inspirant d'une note d'Orfila
relative à l'étude de l'anatomie et des accouchements, écri-

(1) Voir plus haut page 26.

vait : « Je puis en dire autant de la pratique des accouchements ; il ne suffit pas d'une étude théorique, quelque
complète qu'on la suppose ; il faut absolument avoir assisté
des femmes en travail, les avoir accouchées soi-même, et
avoir été témoin des accidents nombreux qui compromettent
souvent l'existence des mères et des nouveaux-nés. Les salles
de la maternité, établies dans les hôpitaux des villes où
siègent les écoles secondaires de médecine, peuvent et doivent combler à cet égard l'une des plus grandes lacunes de
l'enseignement médical secondaire, tel qu'il est organisé
aujourd'hui. Les études manuelles pour les accouchements,
introduites dans les écoles secondaires contribuent aussi à
donner à ces établissements une importance qu'ils n'ont pas
eu jusqu'à ce jour, en procurant aux élèves des notions
qu'ils acquièrent difficilement dans la plupart des facultés,
où le nombre des accouchements qu'ils peuvent opérer est
loin d'être en rapport avec celui des étudiants qui sont tenus
de s'instruire sur cette branche de l'art.

Or, M. le Préfet, dans beaucoup de localités, les administrations des hospices sont loin de favoriser ces études pratiques ; elles ne font rien pour les encourager, si même elles
n'y mettent des entraves qui les paralysent . . . . . .
. . . .
. . . . presque nulle part, les élèves ne sont
admis à assister aux accouchements et à les pratiquer dans
les salles de la maternité, sous prétexte qu'il y aurait des
inconvénients graves à introduire ces jeunes gens dans des
établissements destinés à l'instruction des sages-femmes ;
d'où il résulte que ces dernières élèves qui, d'après l'art. 33
de la loi de ventôse an XI, sont tenues d'appeler un docteur
dès qu'il se manifeste une complication importante dans

4

l'accouchement, sont beaucoup plus favorisées par les réglements des hôpitaux que les élèves qui aspirent au doctorat
et qui devront, un jour, faire preuve de supériorité dans ce
même art, que l'administration leur a défendu d'étudier.

Un pareil état de choses ne saurait durer davantage, M. le
Préfet, et j'ai décidé que vous seriez chargé d'intervenir
auprès des administrateurs des hospices pour le faire cesser.
Je vous invite, en conséquence, à faire décider par ces administrations :

. . . .

2º Que les élèves de 3ᵉ et 4ᵉ année seront admis, tour-à-
tour, par série et pendant trois mois, à pratiquer les accouchements dans les salles de la maternité. »

En 1841, cette décision a constitué l'art. 18 de l'arrêté
ministériel du 12 mars.

*
* *

Le législateur aussi a, dès l'an XI, condamné implicitement les procédés de l'ancienne commission. En obligeant,
par l'art. 33 de la loi de ventôse, les sages-femmes à réclamer
l'assistance des médecins dans les accouchements laborieux,
il a montré qu'il reconnaissait à ces derniers plus de capacité
et d'habileté. Mais pour acquérir ces qualités, il faut des
études pratiques : les refuser ou les enlever à des élèves en
médecine, c'est donc aller contre la volonté du législateur.

*
* *

Sans s'arrêter aux considérations qui précèdent, est-ce
que la raison, même la plus vulgaire, ne nous démontre par
que pour pratiquer un art avec habileté, il faut s'y être

exercé? Est-ce qu'on ne dit pas communément chaque jour, qu'il faut forger pour devenir forgeron?

Or, des médecins qui ont fait leurs études sans pratiquer un seul accouchement, dont les sens et la main ne sont exercés à aucune exploration, ni manœuvre obstétricales, peuvent-ils être bien à même, quelles que soient leurs connaissances théoriques, de reconnaître si un accouchement se fait dans des conditions normales ou anormales; de savoir s'abstenir ou intervenir; comment ils doivent arrêter une hémorrhagie, opérer une délivrance artificielle, combattre, en un mot, les accidents multiples qui se manifestent parfois?

La raison seule, jointe à l'expérience que donne l'usage journalier de la vie, déclare que c'est complètement impossible; elle commande à ceux qui, par l'objet et le but de leurs fonctions, peuvent et doivent fournir aux élèves en médecine les moyens de se livrer à de bonnes études pratiques, de s'empresser de le faire; et elle juge que, manquer de parti pris à l'exécution de ce mandat, c'est tenir une conduite coupable.

***

Que nous apprend et nous dit, sur le même sujet, l'expérience obstétricale?

S'il est des faits bien démontrés par l'observation journalière et dont l'évidence s'impose même aux profanes, c'est que l'accouchement est une fonction normale qui, souvent, s'accomplit régulièrement; que dans ces cas heureux une intervention inopportune ou maladroite peut-être dangereuse pour la mère, ou l'enfant, ou pour les deux; que dans les cas difficiles ou compliqués d'accidents, un accoucheur

habile et expérimenté parviendra fréquemment à triompher
des dangers et même à les prévenir, tandis qu'un ignorant,
ou un médecin sans pratique, laisseront échapper l'occasion
favorable, ou interviendront maladroitement, aggravant les
accidents qui existent, et contribuant à hâter le dénouement
fatal de deux existences qui pouvaient être sauvées.

> Respectez le travail ; mais, d'un œil curieux.
> Observez quel agent le rend laborieux.
>
> (Sacombe).

Dans la pratique des accouchements, combien de circonstances difficiles et dangereuses où il faut, outre le sang-froid
et la décision, du savoir et de l'expérience ? C'est surtout à
la campagne que ces qualités sont nécessaires, car on y ren-
contre plus souvent des cas de dystocie que dans les
villes.

Voici à ce sujet ce qu'écrit Munaret : « Un calcul fait par
Dugès, d'après les registres de la maternité de Paris, prouve
qu'il n'y a, malgré la douillette éducation physique des
femmes de la ville, qu'un accouchement qui réclame les
secours de l'art, sur quatre-vingt-deux, que termine la
nature.

Le même calcul, d'après les registres d'état civil de plusieurs communes rurales et d'après mes notes, prouve que
dans nos campagnes il y a douze accouchements qui réclament notre secours sur le nombre pris pour moyenne par
Dugès. — Quelle est la raison de cette différence ?

D'après Tissot, ce serait le manque des bons secours et
l'abondance des mauvais ; et moi, j'ose dire que c'est plutôt
par l'abondance des mauvais secours que par le manque des

bons (1). . . . .
et surtout la conduite de quelques médicastres ruraux, plus
propres à augmenter le mal qu'à y porter remède (2). »

Eh bien, dans les cas dangereux, isolés et éloignés des
villes et de confrères expérimentés, que font les médecins
dépourvus des qualités qu'on leur suppose ? Quelle assistance prêtent-ils aux sages-femmes ? Que se passe-t-il dans
ces situations émouvantes , où une famille anxieuse s'accroche
à un accoucheur, qui, lui-même épouvanté par la gravité du
danger, ignorant ou ne sachant exécuter ce qu'il doit faire,
perd son sang-froid, intervient brutalement ou agit sans
esprit de suite et sans procédés ! Quel est le dénouement de
ces scènes tragiques, où l'impéritie médicale joue malheureusement un rôle si actif, et que nous avons quelquefois la
douleur d'en voir le tableau se dérouler devant les tri-
bunaux ?

Ah ! il ne me serait pas difficile de répondre amplement à
toutes ces questions ; mais il me répugne de me faire histo-
rien d'horreurs ; c'est déjà trop d'en avoir été quelquefois le
témoin. Cependant, pour les besoins de la cause que je
défends, je citerai trois faits récents.

Lorsque l'ancienne commission employait son activité à
susciter chaque jour de nouveaux obstacles à notre enseignement pratique de l'obstétrique, elle ne paraissait pas se
douter que nous faisions des officiers de santé, sans aucune
expérience en accouchements, et qu'un jour elle serait responsable des fautes qu'ils commettraient.

(1) Le médecin des villes et des campagnes, par Munaret, p. 395.
(2)   id   id   id   id   p. 399.

Eh bien ! Ce jour est arrivé ; ce qui était une prévision est aujourd'hui une bien fâcheuse réalité.

Notre distingué collègue, le professeur L., vient de m'apprendre qu'il y a quelques mois, l'on était venu le chercher en toute hâte pour aller à la campagne, voir une femme en couches ayant des hémorrhagies. A son arrivée il trouve une patiente épuisée, près de succomber, et entourée d'un médecin qui se bornait à user de moyens insignifiants pour mettre fin à un écoulement de sang qui ne s'arrêtait pas. Heureusement que la résidence de cette accouchée n'est pas très-éloignée, me dit ce confrère, car si j'avais tardé 5 minutes, je n'aurais plus trouvé qu'un cadavre.

Voici un autre exemple bien plus grave, qui m'a été transmis, le 19 août 1881, par mon honorable et savant confrère le Dr F. « Il vient, dit-il, de se passer un fait inouï dans une commune voisine de la mienne. Il faut que je vous narre dans toute son horreur cette manœuvre obstétricale, qui ne ferait certainement point pâlir d'envie ni Lachapelle, ni Dubois.

Voici le fait tel qu'il me fut raconté par un témoin oculaire, (la sage-femme).

Celle-ci, appelée auprès d'une femme en travail, reconnaît aussitôt un décollement du placenta : hémorrhagie abondante, syncope, etc.

Elle fait immédiatement appeler le Dr C. et moi. Nous étions tous les deux absents pour nos visites éloignées. On demande l'officier de santé C. qui reconnaît, quoi ? . . . . je n'en sais rien. Il tâtonne, il hésite, prépare du vin chaud, y ajoute de l'ergotine, puis réfléchit, jette cette préparation, en fait une autre. . . . . Bref, pendan

ce temps, la femme meurt ; et voici où l'intervention commence.

Horresco referens ! . . . Il se met en devoir d'accoucher
ce cadavre . . . . . . fait péniblement une version et
amène les pieds de l'enfant mort, bien entendu. Il opère des
tractions violentes (comme pour faire veler une vache, dit
un témoin oculaire) ; le corps et les bras sortent . . . .
. . . Reste la tête. . . . . . Les tractions les plus
violentes ne peuvent la dégager ; le forceps est appliqué sans
résultat ; et, en fin de compte, la tête reste dans le sein de
la mère ! . . . . L'opérateur, probablement peu
satisfait de son travail, se voit dans la nécessité d'ensevelir
lui-même ces deux cadavres engagés l'un dans l'autre ; les
assistants saisis d'horreur et de stupéfaction ayant refusé
d'achever cette triste besogne.

Qu'en pensez-vous cher confrère ? »

Je pense que dans cette circonstance, ce médecin a fait
preuve de la plus profonde impéritie et qu'il n'a mis en usage
aucun des moyens propres à sauver cette malheureuse ;
mais je pense aussi qu'il ne doit pas porter entièrement la
responsabilité de ce malheur. Je connais ce médecin ; il a
étudié à Arras dans les années célèbres, où par la volonté et
le bon plaisir de l'ancienne commission, nos élèves ne faisaient que quelques accouchements ; et c'est à peine si celui-
là en a vu un ou deux dans toute sa scolarité. Comment
donc pourrait-il posséder des connaissances pratiques en
obstétrique ?

Et, s'il ne sait rien et commet des actes d'impéritie gros-
sière, à qui la faute ?

J'ajoute un troisième fait. Tout récemment un médecin
que je connais intimement, fut mandé la nuit, à la campagne

pour terminer l'accouchement d'une femme en travail depuis 48 heures. La patiente, primipare, jeune, belle et forte, avait été assistée par trois médecins : le premier avait appliqué, à diverses reprises, le forceps sur le *segment inférieur de l'utérus* ; le deuxième avait fait administrer de l'ergot de seigle à hautes doses ; le troisième, praticien expérimenté, constate en arrivant que la dilatation n'est pas faite, il apprend les applications et l'emploi contre-indiqués du forceps et de l'ergot, et il attend que la dilatation soit complète pour appliquer le forceps. Jugeant la situation grave, il fait chercher un confrère de la ville voisine. En arrivant, l'accoucheur constate que la femme est épuisée, l'utérus tétanisé, l'enfant mort, les parties externes et internes de la génération gonflées, chaudes et douloureuses, le col de l'utérus déchiré, une portion grande comme une pièce de 5 francs libre dans le vagin, et la tête du fœtus situé au-dessus du D S dont le D A P est légérement rétréci.

Après avoir terminé l'accouchement par l'application du forceps, il recommande l'usage fréquent d'injections aseptiques que le médecin ordinaire juge inutile d'employer.

Quelques jours après, l'accouchée fut atteinte de septicémie puerpérale, et malgré les soins dont elle fut entourée, elle finit par succomber à cette maladie.

Le mari navré, me racontant les faits, disait : « Quel malheur d'avoir eu affaire à un officier de santé ignorant et présomptueux! Voyant que ma femme n'accouchait pas, j'ai dit plusieurs fois à ce médecin : Monsieur, si vous voyez le cas difficile, dites-le moi ; je ferai chercher un docteur de la ville. Il m'a toujours répondu : ça ira bien. Moi qui n'y connais rien, je me suis fié à ses assurances réitérées, et aujourd'hui, je regrette bien d'avoir eu confiance en ce médecin et de l'avoir laissé faire ; mais il n'est plus temps ; j'ai perdu ma femme ! » (1)

Les deux médecins, qui ont commis les fautes grossières que je viens de signaler, sont des élèves sortis de notre Ecole sans avoir vu, ou presque vu, d'accouchements. Aussi, leur ignorance et leur inexpérience ne nous étonnent pas, et les malheurs qui arrivent, dans leurs mains ineptes, sont des faits prévus.

**

Je demande à mon tour, aux membres de l'ancienne commission. ce qu'ils pensent de ces faits et de bien d'autres ?

Je sais qu'ils peuvent me répondre, que des docteurs en médecine commettent aussi des fautes grossières, que dans les Facultés de médecine françaises on a parfois reçu, *summun cum laude*, des élèves qui n'avaient même pas vu un seul accouchement. Je sais cela, mais je sais aussi que, dans ces derniers temps, l'on a bien progressé dans l'enseignement pratique de l'obstétrique.

En admettant même, que dans les Facultés de médecine l'on soit resté stationnaire, est-ce que des lacunes aussi regrettables peuvent jamais excuser l'ancienne commission ? Les fautes sont comme les crimes : elles ne s'excluent, ni se détruisent, mais elles s'additionnent. En commettre à Paris et à Arras, c'est agir doublement mal.

(1) Au moment où ce travail est sous presse j'apprends le fait suivant : le médecin S. vient d'être appelé auprès d'une femme en travail : l'extrémité pelvienne se présente, il tire dessus, la tête s'arrête dans l'excavation et il ne peut l'extraire. Il abandonne la femme, dans cet état, pour aller se coucher. — La malheureuse ayant passé la plus grande partie de la nuit dans cette affreuse situation, réclame à grands cris d'être délivrée. On va rechercher le par trop insouciant médecin, qui, cette fois, après bien des efforts, termine l'accouchement ; mais la femme meurt quelques jours après.

De plus, il y a dans les grandes Facultés des impossibilités matérielles ; le nombre des accouchements à observer n'est pas en rapport avec celui des étudiants ; tandis qu'il n'en est pas de même dans les Ecoles préparatoires, notamment à Arras, — le bon vouloir de la commission sous-entendu — où les élèves peuvent, comme le disait Salvandy, se procurer des notions qu'ils acquièrent difficilement dans la plupart des Facultés.

Cette différence de moyens pratiques d'études, toute à l'avantage des Ecoles préparatoires et plaidant efficacement en faveur de leur maintien, modifie singulièrement les responsabilités.

En effet, si l'on se borne à plaindre un père, qui, dépourvu de ressources, laisse souffrir la faim à ses enfants, par contre, l'on blâme avec indignation, celui qui, au milieu de l'abondance, prive volontairement les siens.

Ainsi, en est-il pour l'ancienne commission des hospices d'Arras : elle avait des moyens d'études précieux à mettre à la disposition des élèves en médecine ; ceux-ci réclamaient à grands cris ce pain de l'intelligence, par l'organe de leur professeur. Au lieu de s'empresser de donner satisfaction à des besoins si légitimes, que faisait-elle ? A l'exemple de ces marâtres qui, sous prétexte d'éviter les indigestions, ne nourrissent pas leurs enfants, elle refusait et enlevait aux étudiants le peu qu'ils avaient, alléguant qu'ils n'étaient pas à même d'en profiter. Est-ce que l'ancienne commission craignait les indigestions intellectuelles ?

Quoi qu'il en soit, administrateurs imprévoyants, votre hostilité s'est transformée en inhumanité ! A vous incombe dans le présent, et incombera dans l'avenir, la responsabilité de ces accouchements malheureux, arrivés par le fait de ces médecins, à qui vous avez refusé, avec une sorte de satisfaction cruelle mêlée d'entêtement fanatique, les moyens de s'instruire !

*
* *

Si à l'appui de notre thèse nous invoquons l'autorité des hommes compétents, nous verrons que leur langage condamne sévèrement aussi les actes de l'ancienne commission.

Je prends au hasard, et je cite d'abord De la Motte, célèbre accoucheur du siècle dernier. « Un chirurgien, dit-il (1), qui veut accoucher sans savoir comment il faut s'y prendre, ne fait que trop briller son ignorance. La honte de laisser son ouvrage imparfait s'empare de son esprit, après quoi le désespoir lui fait pousser la mauvaise manœuvre jusqu'à l'emportement et à la rage, de sorte qu'il aime mieux sacrifier une femme et son enfant à son désespoir, que d'avouer son ignorance en demandant du secours, comme quelques-uns l'ont fait et en sont très-louables. Il ne faut pas croire que les honnêtes gens aient la témérité pour principe, tout le monde ne peut pas être également adroit ni expérimenté sur certaines choses ; le Seigneur donne des grâces aux uns et d'autres aux autres, dont chacun doit être content ; outre que pour obtenir ces dons et ces grâces, il faut dans l'ordre naturel les avoir méritées par son application et par son travail, *Dii laboribus omnia vendunt.* »

Cabanis, ce médecin si sagace, dans son rapport au Conseil des cinq-cents sur l'organisation des écoles de médecine, parlant de l'enseignement de l'art des accouchements au lit même des accouchées, disait : *rien n'est plus nécessaire.*

---

(1) De la Motte. Traité complet des accouchements, t. II. p. 671. Edit. de 1765.

Nægele et Grenser, parlant de l'importance de l'art des
accouchements, écrivent : « Autant son intervention est
avantageuse quand il est exercé par des hommes habiles et
suffisamment instruits, autant il devient désastreux entre les
mains des ignorants.

. . . . dans la plupart des cas où l'intervention de l'accoucheur devient nécessaire, il y va de la vie de
la femme ou de son fruit, et souvent des deux à la fois. »

A propos des qualités nécessaires à l'accoucheur et de
l'étude des accouchements, les mêmes auteurs disent : « Des
erreurs dans la pratique obstétricale ont presque constamment des suites fâcheuses, parce qu'il n'est pas une opération obstétricale qui ne soit, pour ainsi dire, un moyen
héroïque dont l'effet heureux dépend justement du moment
favorable où il est employé, du lieu, de la manière de procéder et de l'habileté de l'opérateur.

Celui qui veut se livrer d'une manière spéciale à l'exercice
de l'art, fera bien de suivre les cliniques de quelques établissements de maternité, dans lesquels on peut voir un grand
nombre de cas de dystocie en peu de temps ; car, dans des
établissements peu étendus, et avec le temps relativement
court qu'on met d'ordinaire à étudier cette partie de l'art de
guérir, on est peu habile, quand on est abandonné à soi-
même, et l'on fait des écoles qui coûtent cher à l'humanité. (1) »

Traitant des opérations obstétricales, Robert Barnes soutient que ; « plus encore que la médecine et la chirurgie,
l'obstétrique demande un jugement solide et prompt, du
courage dans la difficulté, et de la dextérité (2). »

(1) Mægele et Grenser. Traité pratique sur l'art des accouchements, p. XIX et XX.
(2) Robert Barnes. Leçons sur les opérations obstétricales, etc , p. 214.

Arrêtez-vous attentivement, lecteur, sur ce qu'écrit le savant professeur Depaul. Après avoir parlé des difficultés de la pratique, de l'imprévu et de ce qu'il faut à l'accoucheur, l'habile praticien s'exprime ainsi: « De ces quelques considérations auxquelles je me borne, quoiqu'il me fût facile de les multiplier, résulte pour tout homme qui prend au sérieux sa profession, et qui a au cœur le sentiment de la responsabilité qui lui incombe, le devoir impérieux de se préparer par de fortes études spéciales à la pratique des accouchements. Je sais que pour s'y soustraire, quelques élèves calment leur conscience en se promettant de ne jamais s'occuper de cette branche de la médecine. Vaines promesses pour le plus grand nombre ! Excepté dans quelques grandes villes où les spécialisations de clientèle sont possibles, presque partout le médecin qui débute ne peut se soustraire aux exigences de l'isolement dans lequel il se trouve, ou à ce que réclament ses propres intérêts ! Et c'est alors qu'il apprend à regretter d'avoir perdu les occasions qui lui étaient offertes pendant le cours de ses études !

D'autres élèves sont bien plus coupables encore : imbus de je ne sais quelles idées, qui avaient cours autrefois, ils s'imaginent que l'art des accouchements est une branche très-accessoire de la médecine, et qu'en très-peu de temps ils en pourront savoir autant que celui qui a passé sa vie à l'étudier. A l'aide de quelques notions générales puisées dans un ouvrage théorique, ils finissent par passer leur cinquième examen, et une fois docteurs, ils ont la prétention de ne rien ignorer et de tout faire. Présomption fatale, et bien autrement grave dans ses résultats que la timidité des premiers, car elle a déjà coûté la vie à beaucoup de mères et à beaucoup d'enfants ! S'il m'était possible de raconter

tout ce que j'ai vu de semblable dans le cours de ma carrière
déjà longue, ils apprendraient peut-être à devenir plus
réservés et à compléter la lacune dangereuse qui existe dans
leur éducation. . . . .
. . . .

Mais quand vient le moment de voler de ses propres ailes,
les illusions ne tardent pas à se dissiper dans l'esprit de ceux
qui ont quelque rectitude dans le jugement : ils compren-
nent alors combien ils s'étaient trompés, quand ils avaient
cru qu'après quelques études théoriques incomplètes et
quelques rares apparitions à la clinique obstétricale, ils
pouvaient s'engager dans tout ce qu'a d'imprévu la pratique
des accouchements. Que font alors ceux qui ne restent pas
sourds aux cris de leur conscience ? Ils s'arrachent pour
quelque temps aux exigences d'une clientèle naissante, et
viennent s'asseoir de nouveau sur nos bancs pour compléter
autant que possible cette partie de leur éducation (1). »

**

Pensez-vous, ancienne commission hospitalière, que votre
refus de nous fournir une clinique obstétricale motivé par
cette pensée que les élèves en médecine ne s'instruiraient
pas en observant et en donnant des soins aux nouveaux-nés,
soit mieux fondé? Croyez-vous, cette fois, avoir fait preuve
de sagesse en émettant cette allégation ?

Ecoutez ce que dit au sujet des nouveaux-nés le professeur
Parrot dont le talent et la haute compétence sont universel-
lement reconnus:

(1) Leçons de clinique obstétricale par Depaul, professeur de clinique d'accouchements
à la Faculté de médecine de Paris. p. IX, X, XI et XII.

« Dans l'évolution de l'individu, ce temps ne tient qu'une bien petite place, et les affections que l'on y observe sont en réalité peu nombreuses ; mais presque toutes elles n'appartiennent qu'à lui, et à ce point de vue *il n'est aucun autre moment de la vie qui mérite autant d'être étudié d'une manière isolée.*

On comprendrait mal la pathologie des nouveaux-nés si on l'abordait sans s'être préalablement renseigné sur ce qu'ils sont à l'état de santé ; car chez eux, plus manifestement encore qu'aux autres âges, le mal a sa source dans une condition physiologique (1). »

*
* *

J'arrive enfin à la conscience humaine et je la prends pour juge.

Il est bien entendu que je ne m'adresse pas à ces consciences embryonnaires ou aveuglées par les préjugés—et pour le cas spécial -- comme celles, par exemple, du seigneur de Brantôme, du chanoine Barbier de Montault ou du P. Huguet, ni à celles égarées par la passion. Je ne veux même pas interroger le sentiment des hommes éclairés : il me donnerait trop facilement raison.

C'est à la conscience des âmes droites et simples, c'est à ceux qui ont l'habitude de la consulter et dont les sentiments moraux ne sont, ni amoindris, ni masqués par le système de la transcendance ; c'est à ces derniers qui finissent toujours par donner la note à la Conscience publique ; c'est à elle-même que je m'adresse. Je lui dis : voici les faits,

(1) I. Parrot. Clinique des nouveaux-nés, p. 2. Paris 1877.

voici les actes de l'ancienne commission et leurs conséquences.

Est-ce qu'immédiatement Elle ne répond pas à celle-ci :
en refusant aux élèves en médecine les moyens de s'initier
à la pratique obstétricale, vous avez méconnu les besoins des
populations rurales ; vous n'avez pas voulu comprendre que
les accoucheurs instruits et expérimentés sont aussi nécessaires aux femmes des campagnes qu'à celles des villes ;
vous avez trompé la confiance des familles qui s'abandonnent à des médecins inexpérimentés par votre faute, et vous
les avez exposées à être victimes de malheurs irréparables.

Aujourd'hui déjà, les conséquences de votre conduite
regrettable s'étalent au grand jour : des familles portent le
deuil de vos décisions insensées et de vos mesures coupables.

Vous êtes restés sourds à mes protestations, vous avez
voulu transgresser la Loi morale ! Eh bien, dès à présent, je
vous rends responsable des malheurs arrivés ou qui arrive-
ront par l'inexpérience de ces médecins, à qui vous avez refusé l'enseignement pratique des accouchements.

Si, Membres de l'ancienne commission, vous doutez de
l'équité de mes arrêts, si votre conscience ne se rend pas,
si les faits n'ont pas encore déchiré le voile qui vous cache
la connaissance de vos devoirs, moi, Conscience générale,
qui reste étrangère à la théorie des accomodements, et aux
enseignements du machiavélisme, j'use d'un argument spé-
cifique. Je vous dis :

Echangez par la pensée votre situation contre celle des
familles qui auront recours aux médecins dont vous avez

mutilé l'enseignement ; supposez que vous êtes chatelains, propriétaires, cultivateurs, artisans, ouvriers, le tout à votre goût, — la profession n'y fait rien, l'humanité est partout — que vous habitez la campagne à 10, 15, 20, 25 kilomètres d'une ville importante ; que votre femme est en mal d'enfant, que vous faites appeler le médecin de votre localité ou d'une commune voisine ; que pendant le travail, ou après, des accidents graves se manifestent tout-à-coup ; qu'effrayés vous-mêmes par l'imminence du danger, vous faites un appel pressant à la science de votre accoucheur en lui disant : vite, Monsieur, sauvez ma femme ! que vous constatez que ce praticien, tout éperdu, tâtonne, ne paraît pas savoir mieux que vous ce qu'il faut faire et ni comment, qu'il reste spectateur immobile, ou agit en aveugle, et en fin de compte, qu'il laisse ou fait mourir votre femme, et votre enfant, entre ses mains impuissantes et inhabiles !

A la vue de cette épouse aimée, victime de l'ignorance et de l'impéritie ; à la vue parfois d'enfants qui vous réclament leur mère, que diriez-vous, en apprenant que ce médecin, à qui vous avez accordé votre confiance, n'a aucune expérience en obstétrique ; que pendant sa scolarité il n'a pu se livrer à l'étude pratique des accouchements ; que l'administration des hospices d'Arras s'y opposait, en apportant ou en laissant apporter par les siens une série d'entraves à cet enseignement ? Est-ce qu'immédiatement vous ne maudiriez pas une commission qui serait la cause indirecte de votre malheur ? Est-ce que vous ne trouveriez pas vos expressions trop faibles pour qualifier sa conduite ? Eh bien, ce qu'en pareille occurrence, vous diriez vous-mêmes, on l'a déjà dit de vous; et il est à craindre que l'on n'ait l'occasion de le redire souvent et longtemps encore, et de vous appliquer à propos de quelques médecins qui ont étudié à Arras, les vers de F. Farre :

L'un est manœuvre et n'est pas médecin,
L'autre docteur, mais en pratique ignare ;
Pour eux du temple on a fermé le seuil,
Et de tous deux quand l'orgueil les égare,
Du vrai savoir dont vous fûtes avare,
L'humanité porte seule le deuil.

CHAPITRE III.

Devoirs légaux et moraux des Commissions hospitalières à l'égard des femmes enceintes. Législation, instructions ministérielles. Nos revendications. Refus, mauvais vouloir ou inertie des Commissions hospitalières d'Arras. Pavillon d'accouchements. Sa mauvaise situation, son insuffisance, sa disposition et son agencement défectueux : le tout jugé et condamné par la science, par l'expérience et la pratique des accoucheurs, et par les funestes résultats obtenus à Arras. Responsabilité des diverses Commissions hospitalières de cette ville.

> L'aumône mal faite est un fléau de plus
> pour le pauvre.   (Cabanis).

Les devoirs des commissions hospitalières, vis-à-vis des femmes enceintes, sont formulés dans la législation charitable. L'art. 18 du titre V de la loi du 24 vendémiaire, an II, est ainsi conçu : « Tout malade domicilié de droit ou non, qui sera sans ressources, sera secouru, ou à son domicile de fait, ou dans l'hospice le plus voisin. »

Bien que la femme arrivée au terme de sa grossesse ne soit généralement pas une malade, il est cependant incontestable que son état frise l'imminence morbide, qu'il nécessite des soins comme dans bien des maladies : la preuve, c'est qu'au moment de l'accouchement les intéressés ont recours au médecin ou à la sage-femme.

Les femmes enceintes sur le point d'accoucher doivent donc être comprises dans le terme générique de *malade* employé par le législateur de l'an II.

C'est d'ailleurs ainsi que l'art. 18 a été interprété par une décision ministérielle du 31 janvier 1845, obligeant les hospices et les hôpitaux à recevoir et à traiter gratuitement les femmes enceintes et dont voici un extrait :

« Or, dit le Ministre, les galeux, les teigneux, les vénériens et les femmes enceintes appartiennent à la classe générale des malades, puisque aucune loi ne leur a assigné un rang distinct et ne leur a affecté, comme aux aliénés, par exemple, des locaux spéciaux et un mode particulier de secours. Il en résulte que ces malades doivent jouir, comme tous les autres, du bénéfice de la loi du 24 vendémiaire an II, et que les hospices sont également tenus de les recevoir.

C'est d'après ces considérations que le mode de règlement de service intérieur, joint à l'instruction du 31 janvier 1840, a positivement compris les affections dont il s'agit au nombre de celles qui doivent être traitées dans les hôpitaux civils. L'insertion de cette disposition dans les règlements des hospices n'est donc pas une mesure facultative, dont il soit loisible aux commissions administratives de s'affranchir ; c'est l'exécution d'une obligation légale, et qui, à défaut de la loi, serait commandé par le but même de l'institution des établissements hospitaliers. »

Les devoirs des commissions ne sont pas seulement légaux, ils sont aussi moraux, c'est à-dire, imposés, comme le dit très-bien le Ministre, par le but même des établissements hospitaliers, dont les bienfaiteurs ont eu en vue, en les dotant, de leur fournir les moyens de recueillir et de traiter les malades nécessiteux.

De cette double obligation légale et morale, il incombe aux commissions administratives le devoir de placer les femmes en couches dans des conditions favorables à l'heureuse terminaison de leur accouchement.

Si cette prescription n'est pas inscrite dans la loi, elle n'en est pas moins contenue implicitement dans l'expression de la volonté du législateur : il est hors de doute que s'il oblige les hospices à recueillir les femmes enceintes, c'est avec la pensée qu'elles y recevront les soins qui leur manquent dans leur domicile. C'est en outre, une question d'humanité pour les commissions hospitalières, et de légitime espérance pour les femmes grosses et pour leur famille.

Ne pas fournir à celles-ci les conditions favorables à leur état, ou plutôt, les mettre dans de plus mauvaises que celles qu'elles abandonnent, c'est donc agir contrairement aux vues du législateur, au but des institutions charitables, tromper la confiance du public nécessiteux, manquer, en un mot, gravement aux devoirs de ses fonctions.

C'est ce qu'a fait l'ancienne commission des hospices; et — il faut bien le dire puisque c'est vrai — jusqu'ici la nouvelle n'a guère fait mieux, du moins sous ce rapport; elle s'est contentée de suivre les errements de sa devancière.

***

En plaçant nos accouchées dans de mauvaises conditions hygiéniques, les commissions hospitalières n'ont pas seulement manqué à leurs devoirs, elles se sont aussi rendues responsables des décès que nous avons à déplorer. Elles se sont même créées une situation, tout-à-fait regrettable, qui ne leur permet ni de se justifier, ni de s'excuser, soit en invoquant leur ignorance à l'égard de cette question hospitalière, soit en disant que le professeur ne les en a pas saisies.

En effet, dès le 25 mars 1862, le Ministre de l'Intérieur, par l'intermédiaire des Préfets, adressait aux commissions administratives, une circulaire concernant les mesures à prendre pour assainir les salles de maternité. Il disait : « M. le Préfet, l'inspection générale des établissements de bienfaisance a eu l'occasion de constater plusieurs fois les mauvaises conditions du service des maternités établies dans les hospices civils et les ravages qu'y exercent surtout les épidémies de fièvre puerpérale. Elle vient, à ce sujet, d'appeler mon attention sur les mesures prises par M. Hellot, médecin de l'hospice général de Rouen. Ces mesures auraient eu pour résultat de réduire de moitié environ la mortalité constatée dans cet établissement ; elles peuvent se résumer de la manière suivante : . . . . » Après les avoir énumérées, le Ministre ajoute : « Il semblerait utile de généraliser l'application de ces mesures dans les établissements hospitaliers. Veuillez donc les signaler à toute la sollicitude des commissions administratives. J'ai la confiance que les administrations charitables s'empresseront, dans la limite de leurs ressources, d'adopter un système de traitement qui offre tant d'intérêt pour les malades comme pour la science. »

Si les diverses commissions administratives de France

n'ont pas mieux répondu à la confiance du Ministre que l'ancienne d'Arras, il faut avouer qu'il est bien mal récompensé de ses efforts ; car celle-ci a témoigné, il est vrai, de l'empressement, mais toujours pour refuser toute amélioration.

En ce qui me concerne, et ainsi que je l'ai rappelé dans la partie historique de ce travail, depuis plusieurs années, je me suis élevé contre les mauvaises conditions hygiéniques dans lesquelles nous pratiquons l'obstétrique à l'hôpital d'Arras ; j'ai fait remarquer aux administrateurs que le local est mal situé, insuffisant et mal agencé ; j'ai insisté sur les funestes conséquences que je redoutais ; maintes fois j'ai réclamé de meilleures conditions pour les femmes enceintes, notamment dans ma lettre du 2 mai 1879, où après avoir déclaré que le local actuel ne convient pas, je disais : « *Nous en avons fait à regret la triste expérience l'an dernier, et il faudrait avoir bien peu de respect de la vie humaine pour la recommencer de nouveau.* »

Eh bien, malgré tous mes efforts, qu'ai-je obtenu ?

L'ancienne commission ne voulait rien entendre ; elle ne se donnait même pas la peine d'étudier les questions soulevées dont elle ne paraissait pas comprendre le premier mot. Ou elle gardait le silence, ou elle se contentait de répondre qu'elle ne pouvait rien changer, ou bien elle déclarait, avec une assurance de Pontife, que tout était pour le mieux.

La nouvelle commission a témoigné de meilleures dispositions ; elle a écouté, reconnu la nécessité d'améliorer le service de clinique obstétricale, et elle a même fait des promesses. Il est vrai de dire qu'elles datent déjà de longtemps; que depuis lors, comme sœur Anne, je ne vois rien venir, et les accouchées continuent à mourir.

*
* *

La question que je soulève est assez grave, ce me semble, pour ne pas attendre indéfiniment une solution. Puisque, après tout ce que j'ai tenté, il n'y a pas encore moyen de l'obtenir, je vais démontrer, en m'appuyant sur les enseignements de la science obstétricale, sur l'expérience des accoucheurs les plus autorisés, sur les données qui ont présidé à la construction et à l'aménagement des nouvelles maternités, et enfin sur les résultats déplorables qui se sont produits dans ce pavillon d'Arras, destiné à devenir légendaire, que mes réclamations sont parfaitement fondées, tandis que les refus et l'inertie des commissions hospitalières sont condamnés, surtout par l'excessive mortalité des accouchées.

Pour opérer cette démonstration, je vais mettre en parallèle, d'une part, les conditions dans lesquelles nous pratiquons les accouchements à l'hôpital d'Arras, nos réclamations, les réponses et les actes des commissions hospitalières et les résultats obtenus, avec, d'autre part, les enseignements de la science, les conditions voulues, recommandées et appliquées par les praticiens les plus expérimentés et les bienfaits qui en résultent pour les accouchées.

*
* *

Je considère d'abord l'emplacement du local affecté aux accouchements pratiqués par les élèves en médecine.

C'est un pavillon situé près de l'amphithéâtre d'anatomie, à 4 ou 5 mètres de distance. Dans cet amphithéâtre, qui sert aux autopsies, aux dissections, aux préparations et ma-

cérations anatomiques, on y recoit indistinctement tous les
cadavres parmi lesquels, il en est qui proviennent d'individus
ayant succombé à des maladies éminemment contagieuses,
telles que la septicémie chirurgicale, l'érysipèle, la septicémie puerpérale etc. etc. Des corpuscules de matières organiques corrompues s'exhalent de ce local et se répandent
dans l'atmosphère environnante. C'est un fait facile à constater par l'odorat.

Outre ce mauvais voisinage, en 1878, l'une des salles de
notre pavillon servit pendant plusieurs mois, de lieu de
dépôt pour les cadavres.

Soutenir que le pavillon obstétrical est mal avoisiné ; que
des particules organiques putréfiées peuvent être transportées dans les salles, soit par des courants d'air, soit par des
objets ou des individus sur lesquels elles se sont déposées
et exercer une action fâcheuse sur les accouchées ; s'appuyer
sur ces considérations pour dire que c'est manquer aux règles les plus élémentaires de l'hygiène hospitalière en voulant,
quand même, placer les femmes enceintes ou accouchées
auprès d'un lieu aussi insalubre, et conclure qu'il faut un
autre local, c'était, aux yeux de l'ancienne commission,
émettre des prétentions inouïes. Aussi après s'être récriée
comme si on lui avait demandé la lune, non-seulement elle
ne faisait pas droit à nos réclamations, mais de plus, elle
aggravait ses torts en répondant que le pavillon était
convenable.

*
* *

Voyons ce que nous enseignent, à cet égard, la science et
la pratique des accoucheurs.

La science nous apprend qu'il existe dans la poussière de

l'air des molécules organiques ayant la propriété de déterminer des changements putrides dans la matière organisée. Que ces molécules soient des débris de matières animales putréfiées, ou bien que ce soit des êtres microscopiques, qu'on les désigne sous le nom de vibrions, de bactéridies, de microbes ou de micrococci, toujours est-il, que c'est à une substance étrangère à la constitution de l'air atmosphérique qu'est due la propriété de décomposer la matière animale morte ou vivante.

La preuve, c'est que, ainsi qu'il résulte des expériences de Chevreul et Pasteur, de l'air débarrassé de toute poussière organique, soit par la calcination ou la filtration, n'exerce aucune action sur les liquides ou les substances putrescibles privées de vie. C'est sur la connaissance de ce fait que repose l'industrie des conserves alimentaires.

Il en est de même pour les plaies. Il est bien établi aujourd'hui que les complications graves des plaies, telles que la septicémie et l'érysipèle chirurgicaux, sont dus à une substance septogène, qui naît sur les opérés ou blessés situés dans des conditions de malpropreté et d'encombrement, et se transmet à d'autres, soit par les instruments ou les objets de pansements, soit par l'air.

De l'air pur n'a pas ces fâcheuses conséquences. C'est aussi à la connaissance de ces faits que l'on doit le pansement de Lister et les heureux résultats que l'on en obtient.

Qu'est-ce qu'une accouchée si ce n'est une blessée, une femme qui a subi une opération par l'action des forces expultrices de la matrice et de l'effort ? Elle se trouve donc dans les conditions des individus blessés accidentellement, ou ayant subi une opération chirurgicale, et par conséquent exposée aux complications des plaies.

Ce rapprochement est si exact, qu'une observation atten-
tive a permis aux chirurgiens et aux accoucheurs d'identifier
la septicémie puerpérale avec la septicémie chirurgicale.

Parmi les matières putrides à même de développer la
septicémie puerpérale, nous citerons le poison cadavérique.

Dès 1847, Semmelweis et Arneth ont soutenu que des matières septiques provenant d'un amphithéâtre de dissection et
transportées aux accouchées par les élèves en médecine, pouvaient déterminer la septicémie puerpérale. Ces accoucheurs
s'appuyaient sur les faits suivants : à l'hôpital de Vienne en
1839, le service d'accouchement fut divisé en deux cliniques;
dans celle destinée aux étudiants, la mortalité des accouchées augmenta rapidement et fut de 1839 à 1847 de 10,1
pour 100.

Dans la seconde destinée aux élèves sages-femmes, la
mortalité ne fut que de 3,8 pour 100.

Dès 1847, M. Semmelweis chargé de la clinique des étudiants fut frappé de ces faits et, soupçonnant que la mortalité qui y régnait pouvait bien être due à l'inoculation de
matières septiques, il fit prendre une série de mesures qui
eurent les plus heureux résultats. La mortalité descendit en
1848 à 1, 2 pour 100.

Les idées de Semmelweis sont adoptées par un grand
nombre d'accoucheurs.

Sidey, Simpson et Patterson eurent dans leurs pratiques,
plusieurs cas de septicémie puerpérale immédiatement après
avoir fait l'autopsie de femmes mortes de cette maladie
(Plaifair).

A la discussion qui eut lieu à l'académie de médecine en
1858, le professeur Depaul a rapporté deux faits curieux.
En 1839 et 1849, il fit deux accouchements alors qu'il venait

de terminer l'autopsie de femmes mortes de fièvre puerpérale. Malgré les soins de propreté pris par le célèbre
accoucheur, les deux accouchées eurent la même maladie et
moururent.

Relativement à l'intensité d'action du poison cadavérique,
bien des accoucheurs pensent que celui qui provient d'un
sujet mort d'une maladié zymotique est plus dangereux. Il
en serait ainsi pour la septicémie puerpérale et chirurgicale,
l'érysipèle, la scarlatine, la dipthérite, etc.

*
* *

Quelle que soit la source du poison septique, comment
est-il transmis aux femmes en couches, et par quelles voies
pénétre-t-il dans leur économie?

La réponse à faire à ces questions est complexe.

Si on les examine relativement aux cas que je viens de
signaler, les accoucheurs répondent que la matière septique
dont les mains sont imprégnées, et qui se traduit par une
odeur si désagréable et si tenace, est inoculée aux accouchées au moyen du toucher et par les voies génitales qui
offrent toujours quelques surfaces cruentées.

Si ce mode de propagation du mal est incontestable, il
n'est assurément pas le seul. Tout en l'adoptant, des accoucheurs pensent que la transmission septique aux accouchées
peut aussi se faire par les vêtements, et l'absorption s'opérer
par les voies respiratoires. Aussi, après avoir fait des autopsies, ils changent et conseillent de changer de vêtements
avant de se rendre auprès d'une femme en couches.

En dehors de ces modes de contagion que l'on ne peut
invoquer contre nous,—car toutes les précautions recomman-

dées en pareilles circonstances par l'expérience obstétricale ont été observées par le professeur et les élèves, — en est-il d'autres ?

L'air atmosphérique peut servir de véhicule à la matière septogène, qui, après s'être déposée sur les persoines, ou sur les objets qui servent aux pansements et à la toilette intime des accouchées, est absorbée par les surfaces saignantes qui existent dans les voies génitales, ou bien elle pénètre dans la circulation par la surface pulmonaire.

Si ces faits ne sont pas admis par tous les accoucheurs, nous allons démontrer qu'ils n'en sont pas moins exacts. D'ailleurs, ils ne sont pas niés. A ce sujet le Dr Carl Schröder professeur d'obstétrique et directeur de la maternité à l'université d'Erlangen écrit :

« Que des matières septiques qui se trouvent dans la chambre puissent être apportées par l'air (non pas comme miasmes gazéiformes, mais comme petites parties organiques suspendues dans l'air) et puissent de cette façon être portées au contact des plaies fraîches, cela est possible, quoiqu'il n'existe pas de raisons convaincantes pour qu'on puisse l'admettre ».

Le professeur Playfair s'exprime ainsi sur le même sujet : « Je ne vois aucune raison pour mettre en doute la possibilité de l'infection par la matière septique suspendue dans l'atmosphère ; et dans les hôpitaux d'accouchement, où plusieurs femmes sont réunies, il est probable que c'est là une source commune de l'affection. Certes, quelle que soit l'opinion qu'on se fasse de la nature du poison, il doit être dans un état de ténuité telle qu'on peut théoriquement admettre son transport par l'atmosphère. »

A ces opinions favorables à la thèse du transport des particules organiques par l'air, il est nombre de faits à ajouter à l'appui :

On sait, par exemple, que le pollen se transporte et va exercer sa puissance fécondante à de grandes distances. L'histoire curieuse du palmier d'Otrante nous le dit. Cet individu femelle tout en fleurissant restait constamment stérile. Un jour il se charge de fruits et l'on apprend qu'un individu de la même espèce, mais mâle, avait fleuri pour la première fois à 15 lieues de distances, à Brindes. Il ne pouvait y avoir de doutes, dit Pouchet : c'était les vents qui, en enlevant le pollen du dernier, étaient venus saupoudrer l'autre (1).

Il est aussi bien prouvé que les effluves des marais sont quelquefois transportés rapidement par les vents et vont causer des fièvres intermittentes dans des lieux éloignés. Les Anglais assurent que les fièvres paludéennes qui se manifestent sur la côte orientale de l'Angleterre, sont occasionnées par les effluves des marais de la Hollande. D'après Mêlier, quand le vent souffle ouest, sud-ouest, ou sud, les marais gâts envoient sur la ville de Marennes des effluves qui y occasionnent la fièvre intermittente. Si le vent souffle dans une direction opposée, cette maladie devient rare.

Il suffit d'un obstacle tel qu'une colline, un bois, pour s'opposer au transport des effluves. L'on a vu la fièvre intermittente apparaître dans des localités où elle était inconnue, rien que par le fait d'un déboisement qui permettait aux vents d'y transporter sans obstacle des effluves de marais.

S'il en est ainsi pour les corpuscules végétaux, pourquoi l'air ne servirait-il pas également de véhicule à des particules

(1) L'univers par F. A. Pouchet, p. 239.

animales ? C'est d'ailleurs ce qui nous est aussi démontré par bien des observations: Tous les historiens racontent qu'après la bataille de Pharsale, les émanations putrides des morts entassés sur le sol, attirèrent des vautours de l'Asie et de l'Afrique, qui y vinrent faire la curée. Ce qu'il y a de certain, d'après de Humboldt, c'est que, au milieu des plus solitaires gorges des Cordillières, là où l'on ne supposait même pas qu'il existât des Condors, si l'on tue un cheval ou une vache, bientôt après, plusieurs de ces rapaces, avertis par l'odorat, arrivent pour se gorger de ces chairs putréfiées (1).

Des observations exactes ne nous démontrent-elles pas que le ferment de l'érysipèle nosocomial peut se transmettre par l'air et infecter des individus sains ?

En présence de ces faits auxquels j'aurais pu en ajouter bien d'autres, il est permis de conclure que les particules de matières cadavériques putréfiées qui s'exalent de l'amphithéâtre d'anatomie, pour se répandre dans l'atmosphère environnante où leur présence se décèle facilement à l'odorat, peuvent être transportées par des courants d'air dans les salles du pavillon voisin et exercer une influence fâcheuse sur les accouchées.

*
* *

Les individus, les objets, tout corps quelconque, peuvent aussi servir de véhicule à la poussière organique en suspension dans l'air. Il est prouvé que, quand l'air n'est pas agité par le vent, ou qu'il n'y a pas d'évaporation à la surface du sol, les corpuscules aériens tendent, en raison de leur pesan-

(1) Pouchet, loc. cit.

teur, à gagner le bas de l'atmosphère et se déposent sur le sol ou sur les objets qu'ils y rencontrent. Ainsi, là où la fièvre intermittente est endémique, on est presque sûr de la contracter en passant la nuit en plein air. A Rome, il suffit souvent de monter de deux étages pour se soustraire à la fièvre. A une altitude de 306 mètres, tel qu'à Lezze, l'influence des marais Pontins ne se fait plus sentir.

L'on sait aujourd'hui que la coloration noirâtre de la neige à demi-fondue, qui a séjourné longtemps sur le sol, est due aux corpuscules de l'air entraînés par les flocons ou déposés sous l'influence de la pesanteur.

Parmi les corpuscules aériens, Pouchet a démontré que les grains de fécule sont les plus nombreux. Ils s'attachent sur les objets, sur les vêtements, sur l'homme, les animaux, etc. En râclant, dit-il, légèrement la peau d'une personne vivante ou d'un cadavre, on est tout surpris d'en recueillir une certaine quantité (1).

Enfin, un grand nombre d'observations prouvent que des maladies zymotiques peuvent naître à distance des lieux infectés, par le seul transport de vêtements ayant servi aux personnes malades.

Nous pouvons donc conclure que la matière septogène, en suspension dans l'air environnant l'amphithéâtre d'anatomie, peut être recueillie par les nombreuses personnes qui circulent constamment autour, et transportée par elles, ou les objets qu'elles tiennent à la main, dans les salles d'accouchements et infecter les accouchées.

*
* *

(1) Pouchet, loc. cit. p. 331.

En parlant, plus haut, de la transmission du poison septique aux accouchées, nous avons, après bien des accoucheurs, considéré le canal génital comme l'une des voies d'absorption du virus.

Ce n'est pas, disions-nous, le seul mode d'absorption de la matière septique. Nous pensons, en effet, que la surface pulmonaire est une voie qui en permet l'entrée facile dans l'économie.

C'est ce qu'il nous sera facile de démontrer.

Les corpuscules de l'air pénètrent dans les cavités respiratoires de l'homme et des animaux. Ce sont des faits bien établis. Il est curieux, dit Pouchet, de voir ainsi les mœurs des animaux se traduire par l'examen de leurs voies respiratoires (1).

Ceux qui ont fréquenté les amphithéâtres d'anatomie savent très-bien qu'après l'autopsie d'un sujet ayant succombé à une maladie infectieuse, telle que la septicémie puerpérale, ou après avoir séjourné longtemps au milieu de matières animales en putréfaction, on éprouve une lassitude, un malaise général accompagné parfois de céphalalgie, d'anorexie, de vomissements, diarrhée, et souvent l'on expulse des gaz qui rappellent l'odeur des cadavres.

On rapporte que c'est à la suite d'un séjour trop prolongé, au milieu de chairs en putréfaction, que Bichat fut pris d'une fièvre putride à laquelle il succomba rapidement.

Dans les épidémies de septicémie puerpérale, des femmes enceintes sont quelquefois atteintes et meurent sans être accouchées.

___

(1) Pouchet, loc. cit. p. 333.

Nous avons été témoin, cette année, d'un fait semblable à l'hôpital d'Arras.

La maladie attaque même les femmes en dehors du gravidisme. P. Dubois, Danyau, Depaul et Tarnier ont rapporté des observations relatives à des élèves sages-femmes ayant succombé à la septicémie puerpérale après avoir soigné des femmes atteintes du même mal.

« J'ai eu, moi aussi, dit M. Hervieux, la douleur de voir quatre de nos élèves périr de la même manière. Ces faits se sont passés antérieurement aux modifications introduites dans le service de santé, et qui consistèrent, entre autres choses, dans la séparation du personnel des accouchées valides et de celui des accouchées malades, et dans l'interdiction absolue des infirmeries aux élèves sages-femmes. Depuis cette époque, c'est-à-dire depuis plus de quinze ans, je n'ai plus, ajoute M. Hervieux, observé un seul cas de ce genre. »

Dans une communication faite tout récemment à l'académie de médecine, le même accoucheur soutient que l'intoxication septicémique se traduit par bien des variétés dans les effets, parmi lesquels on constate des accouchements prématurés, ou des fœtus frappés de mort dans le sein de la mère.

Tous ces faits ne prouvent-ils pas que les matières septiques sont aussi absorbées par la muqueuse pulmonaire, et qu'en dehors de l'accouchement, les femmes grosses ou non intoxiquées, le sont par cette voie aux dépens de la matière septogène en suspension dans l'air ?

Des considérations qui précèdent. il nous est permis de conclure :

Que l'amphithéâtre d'anatomie est un foyer de matières septogènes qui se répandent autour de ce local ; qu'en raison·

de la proximité du pavillon d'accouchements elles peuvent être transportées facilement dans les salles, soit par les courants d'air, les personnes qui y entrent, ou les objets qu'on y apporte ; qu'une fois en suspension dans les appartements, l'absorption peut s'effectuer par les voies génitales, ou par les voies respiratoires et infecter les femmes enceintes ou accouchées ;

Que c'est manquer aux règles les plus élémentaires de l'hygiène hospitalière en nous forçant à accoucher des femmes à 4 mètres d'un amphithéâtre d'anatomie ; et enfin, qu'il faut absolument mettre fin à des abus aussi préjudiciables à la santé publique.

*
* *

Le pavillon affecté au service de notre clinique obstétricale est insuffisant.

En effet, il se compose de 3 salles dont les deux premières, destinées à recevoir les femmes enceintes ou accouchées, cubent 285 mètres, et la troisième, réservée au travail de l'accouchement, 99 mètres ; ce qui fait pour l'ensemble du pavillon 384 mètres cubes.

Pendant quelques semaines, ce local a contenu jusqu'à 17 personnes, femmes et enfants. A ce nombre il faut joindre une douzaine d'étudiants qui, au moment des accouchements, y séjournent quelquefois une journée, et même davantage. Alors, chaque individu contenu dans le pavillon n'a en moyenne à sa disposition que 13 mètres cubes d'air.

Ce qui ajoute encore aux dangers de l'encombrement, c'est que l'aération de ces salles est presque nulle. La disposition des ouvertures ne permet d'établir que de faibles courants. Et cet air où est-il puisé? Dans l'atmosphère viciée qui entoure l'amphithéâtre d'anatomie.

En entrant dans ce milieu altéré par la respiration, le sang, les lochies, le lait, les sueurs, les déjections et enfin par le poison puerpéral, je n'étonnerai personne en disant que l'on est frappé par l'odeur désagréable qui y règne, et que l'on éprouve une sensation pénible en respirant cet air vicié. Aussi, il ne faut pas être grand clerc en hygiène pour se demander comment des administrateurs poussent l'indifférence et l'incurie, jusqu'à faire accoucher et soigner des femmes dans un milieu aussi malsain.

**

Malgré l'insalubrité évidente de ce local, examinons-le au point de vue scientifique et voyons ce que les faits et les hommes compétents vont répondre au jugement des sept sages qui administraient naguère les hospices d'Arras.

Ils enseignent que l'encombrement a toujours des effets plus ou moins fâcheux et souvent terribles. En ce qui a rapport à la septicémie puerpérale, il en provoque la manifestation et en favorise la propagation.

Voici comment s'exprime à ce sujet le professeur Peter : « L'encombrement des êtres humains crée le typhus ; l'encombrement des femmes en couches engendre le typhus puerpéral ; les miasmes animaux émanés d'autrui créent pour autrui une occasion d'infection, voilà pour le typhus en général ; les miasmes émanés de la femme en couche, *plus* les liquides altérés qui s'échappent de ses organes génitaux (sang et lochies) sont, pour une autre femme en couche, une occasion d'infection, laquelle est essentiellement *typhique* par les miasmes, spécialement *puerpérale* par les liquides génitaux, et plus spécialement **Pyogénique** pour cette double raison que les liquides ainsi infectieux sont purulents, et que l'organisme qu'ils infectent est, de par la leucocytose de la femme enceinte, prédisposé à faire du pus. (1) »

Plus loin : « Puisque l'encombrement fait la gravité des maladies puerpérales, plus grand sera l'encombrement, plus grande sera l'infection. »

Le même auteur termine l'étude de ce sujet en disant :

« Une femme en couche est à une autre femme en couche une occasion de maladie ;

« Une réunion de femmes en couches constitue une réunion idéale de causes de maladie. »

Dans un ouvrage des plus remarquable sur les maternités, le professeur Lefort, à qui l'on ne peut dénier une grande compétence sur les questions d'hygiène hospitalière, dit, à propos de l'encombrement : « Je n'ai rien de particulier à dire à cet égard. L'encombrement, toujours fâcheux, quelquefois fatal, suffit souvent seul pour déterminer l'éclosion des maladies ; il est particulièrement dangereux quand il s'agit de malades baignées de matières aussi facilement décomposables que les lochies et d'une maladie aussi contagieuse que la fièvre puerpérale. » . . . .

. . . .

L'encombrement agit de deux façons : en développant primitivement la fièvre puerpérale, en facilitant outre mesure la contagion » (2).

Parmi les maladies qui constituent le *danger permanent* de

(1) Clinique médicale, T. II, p. 682.
(2) Des maternités, p. 79.

l'encombrement nosocomial, nous trouvons en première
ligne, dit Bouchardat, la *septicémie des femmes en couches* et la
septicémie chirurgicale.

Le défaut d'aération favorise les effets funestes de l'encombrement. Il est aujourd'hui bien établi que partout les
épidémies de septicémie puerpérale sont plus rares et moins
graves en été qu'en hiver.

Cette heureuse différence est attribuée à la ventilation qui
se fait plus facilement et mieux en été. « Je serais, dit
Lefort, comme plusieurs auteurs, assez disposé à attribuer
une certaine influence à une ventilation meilleure, car l'élé-
vation de la température extérieure engage à pratiquer plus
largement alors l'ouverture des fenêtres, et cette circonstance me parait importante quand il s'agit du développement et de la propagation d'une maladie que je regarde
comme éminemment contagieuse (1). »

Parlant de l'institut de la grande duchesse Hélène Pawlowna
à Saint-Pétersbourg, Hugenberger, dit : « Quand les infrac-
tions aux lois de la propreté amenaient une épidémie, elle
ne cessait qu'à l'arrivée d'une saison chaude, alors que la
ventilation pouvait être faite d'une manière plus complète,
ou seulement par la fermeture momentanée de la maison,
comme en 1846, 1848 et 1859. Aussi la prophylaxie consiste
dans la ventilation, la propreté et l'ordre (2) »

Lorsqu'il s'agit de la prophylaxie de la fièvre puerpérale,
parmi les moyens à employer, qu'il s'agisse de grandes ou
de petites maternités, on recommande d'éviter l'encombrement et de ventiler largement les salles.

(1) Lefort, loc. cit. p. 65
(2) Cité par Lefort.

Dans ce but, Lefort propose un plan de maternité dont les salles cubent 280 mètres et sont destinées à ne recevoir que trois femmes, quatre au plus, dont deux accouchées et une ou deux femmes enceintes, qui servent de gardes aux premières. Chaque femme aurait donc 70 à 93 mètres cubes à sa disposition.

On emploie aussi dans le même but l'alternance des salles, c'est-à-dire qu'une salle, qui a servi douze ou quinze jours pour recevoir les femmes en couches, est évacuée et laissée libre le même laps de temps, pendant lequel elle est nettoyée et constamment aérée par l'ouverture permanente des fenêtres.

Cette mesure se pratique régulièrement dans beaucoup de maternités, notamment à Leipzig, Wurszburg, Munich, Bruxelles, Rouen, etc. Dans cette dernière, grâce à ces précautions et à d'autres soins, la mortalité des accouchées est tombée à 1 pour 133.

Une large ventilation est aussi prescrite, avons-nous dit, par les accoucheurs qui s'occupent de l'hygiène des maternités. C'est surtout à ce moyen qu'Empis attribue les heureux résultats qu'il a obtenus à la Pitié. A son arrivée dans cet hôpital, en 1863, la mortalité des accouchées était de 7, 6 pour 106, soit 1 décès sur 13, 1. A partir de cette époque et pendant 4 ans, la mortalité descendit à 2, 03 pour 100, soit 1 décès sur 49, 83.

Après ces avis émis par les maîtres de la science et les mesures adoptées dans bien des maternités, que penser de notre pavillon avec son défaut d'aérage, sa capacité qui n'offrait trop souvent que 13 mètres cubes à chaque femme ? Cependant, la commission des hospices ne répondait-elle pas aux réclamations du professeur d'accouchements que le local est suffisant ? Oui, il l'est pour y faire mourir les femmes rapidement !

*
* *

Outre leur insuffisance, les salles du pavillon sont mal disposées, mal agencées : elles se communiquent et se commandent, de sorte que si une accouchée est atteinte de septicémie, la maladie peut se propager de toutes façons aux autres femmes avec la plus grande facilité.

Ce n'était pas encore l'avis de l'ancienne commission qui semble, sur ces questions, avoir pris le parti de faire de l'opposition quand même.

Voyons ce qu'enseigne l'expérience, ce que conseille les accoucheurs et les mesures préconisées dans la disposition les salles de maternité.

La septicémie puerpérale est contagieuse, c'est-à-dire, qu'une femme atteinte de cette maladie devient une source de poison septique qui peut être transmis à d'autres femmes et leur communiquer la même maladie.

. La transmission s'opère aussi par les accoucheurs, les sages-femmes, les élèves et les gardes-couches.

Ce sont des faits bien établis par les observations d'Armstrong, Gordon, Gooch, Botrel de Saint-Malo, Paddie, Ramsbotham, Lee, Robertson, Hutchinson, Blundell, Danyau, Jackson, Storer, Aneth, Simpson, Sidey, Campbell, Rigby, Depaul, Hugenberger, Grisar, Peter, etc., etc. (1). Parmi les accoucheurs, il en est qui, après avoir soigné ou autopsié une septicémique, ont transmis la maladie à toutes les femmes qu'ils accouchaient ; d'autres ont constaté le fait de

(1) Voir à cet égard l'ouvrage de Lefort, p. 106 et suivantes.

la propagation du mal par l'intermédiaire de médecins ou sages-femmes qui avaient été en contact avec des accouchées atteintes de fièvre puerpérale. Dans tous les cas, l'épidémie se bornait à la clientèle d'un accoucheur et s'arrêtait net lorsque celui-ci prenait la résolution de cesser, pour un temps, la pratique des accouchements.

La propagation de la septicémie puerpérale s'opère par les femmes malades.

Dans les maternités, c'est le mode le plus fréquent de la contagion. Une femme atteinte propage la maladie à ses voisines et celles-ci à d'autres.

La transmission du mal se fait par l'air, c'est ce que l'on appelle la *contagion volatile.* « En fait, dit Peter, c'est le milieu infectieux qui fait l'infection. Ce milieu étant constitué, l'épidémie étant en pleine activité, l'infection se fait par contagion ; mais la contagion par contact immédiat n'est pas la forme la plus ordinaire ; la contagion peut avoir lieu par un contact indirect, par l'air. De même que vous entendez parce qu'il y a des vibrations dans l'air, de même vous êtes infectés parce qu'il y a des miasmes dans l'air (1). »

Elle peut se faire par les objets qui servent à la toilette intime des accouchées, éponges, canules à injections vaginales, par les literies.

Peter signale plusieurs cas de femmes atteintes de septicémie, quelques heures après leur accouchement, pour avoir été placées dans des lits qui venaient de servir à des accouchées ayant succombé à cette maladie et dont on s'était contenté de changer les draps.

Elle se fait par l'hôpital ; c'est-à-dire que la matière sep-

(1) Peter, loc. cit p. 733.

togène créée par la maladie, la perpétue dans une salle de maternité en y séjournant : elle se fixe aux murs, aux plafonds, aux parquets, aux objets, lits, literies, etc. C'est ainsi que s'explique l'endémicité qui règne dans beaucoup de maternités, et comment on est parvenu, à arrêter les épidémies, par un nettoyage complet des salles avec peinture ou badigeonnage à la chaux, et des lits avec changement de literies.

La connaissance de ces faits de contagion a conduit les accoucheurs et les administrations hospitalières,—j'entends celles qui ont souci de la vie des autres, —à adopter dans la construction et l'aménagement des maternités, une série de mesures prophylactiques qui ont donné les plus heureux résultats.

« Deux principes, écrit Lefort, doivent donc guider le médecin et l'hygiéniste dans la construction des maternités : 1º Empêcher que la maladie développée chez une accouchée ne se transmette à un grand nombre de femmes saines, avant que la malade ait pu être isolée. 2º Séparer d'une manière absolue les femmes atteintes de fièvre puerpérale dans une infirmerie spéciale. (1) »

Parmi les mesures recommandées et adoptées dans plusieurs maternités, nous signalerons pour le moment : 1º la construction de salles ne contenant que trois ou quatre femmes ; 2º l'isolement de ces salles ; 3º le transport immédiat dans une infirmerie spéciale des accouchées qui commencent à être atteintes de septicémie ; 4º services des salles de maternité et de l'infirmerie séparés avec personnel spécial.

(1) Lefort, loc. cit. p. 128.

Il est facile de juger que notre pavillon, loin de présenter
ces conditions, réalise au contraire tout ce qui est favorable
à la contagion par les malades, les salles, le mobilier, l'air
et le personnel. Aussi, les résultats se sont chargés de
donner une éclatante confirmation aux enseignements de la
science et une dure leçon aux commissions hospitalières
d'Arras.

*
* *

Ces résultats que nous avions prévus et que les commissions des hospices auraient pu éviter, si, au lieu de faire
comme l'autruche, elles avaient bien voulu nous écouter,
regarder le danger en face et y parer, quels sont-ils ?

Depuis 1878, nous avons eu dans ce pavillon la septicémie
puerpérale et plusieurs décès.

Cette année, pendant la période trimestrielle réservée aux
élèves en médecine, 20 femmes enceintes ont été admises
dans le pavillon, 10 ont été atteintes de septicémie puerpérale et 5 ont succombé. Ce qui fait une proportion d'un quart
ou de 25 pour 100.

L'intensité du mal était telle, qu'une femme enceinte de
sept mois succomba en plein travail, moins de 24 heures
après le début de la maladie.

Les conséquences de cette épidémie eussent été bien plus
fâcheuses si, dès le milieu de juin, le bruit que la maternité
était empoisonnée n'avait couru en ville et déterminé plusieurs femmes à accoucher chez elles.

Mettons ces résultats en parallèle avec la mortalité à domicile et dans les maternités et hôpitaux de l'Europe.

Nous laissons la parole à M. Lefort qui a résumé ainsi ses
études si approfondies sur les maternités : « *En réunissant*

toutes les maternités, tous les hôpitaux où sont reçues les accou-
chées, tant en France que dans le reste de l'Europe, on arrive au
résultat suivant : il meurt en moyenne 1 femme sur 29 dans les
maternités et les hôpitaux; en ville, il n'en meurt qu'une sur 212. »

Dans l'ancien Hôtel-Dieu de Paris, au siècle dernier, il
mourait une accouchée sur 15. Cette proportion inspirait à
Tenon de tristes et sévères réflexions. Dans son rapport
sur les hôpitaux de Paris publié en 1788, par ordre et aux
frais de Louis XVI, on lit ce qui suit : « On est justement
alarmé de voir qu'en aucun endroit de l'Europe, en aucun
village, en aucun hôpital, rien n'est comparable à la perte
qu'on fait des accouchées à l'Hôtel-Dieu de Paris.

« Qu'un homme, une femme meurent à la fin de leur carrière, leurs enfants sont élevés, on n'a guère alors à se sou-
mettre qu'à la nature, qui, dans son cours entraîne et dé-
truit ce qu'elle formé ; mais qu'une femme enceinte, bien
portante, se rende à l'hôtel-Dieu, y contracte une maladie,
y périsse enfin à la fleur de son âge... ! Ce n'est plus à ce
cours inévitable des événements qu'il faudra adresser nos
regrets.... Vesou proposa de mettre ces accouchées dans un
lieu particulier, où elles fussent exemptes d'un air conta-
gieux. Combien depuis cent vingt-deux ans n'eut-on pas
sauvé de ces femmes malheureuses, si l'on eut suivi ce conseil salutaire ! Mais la raison n'amène pas toujours des réformes utiles ; les malheurs redoublés donnent longtemps
des leçons terribles avant de renverser les anciennes habi-
tudes. C'est précisément ce qui est arrivé à l'Hôtel-Dieu.»

De 1860 à 1864, à la maternité actuelle de Paris, la mortalité des accouchées fut de une sur huit. Cette proportion
fut considérée, à juste titre, *effrayante, épouvantable.*

En présence de ces faits. Lefort s'écrie « Ni la science, ni l'humanité ne me permettaient le silence. »

Que diriez-vous, savant professeur, en apprenant qu'en 1881, à Arras la mortalité a doublé en proportion ? Et vous, Tenon, à qui, une morte sur 15 accouchées arrachait des accents aussi indignés, auriez-vous jamais pensé qu'à près d'un siècle de distance, la mortalité des accouchées aurait été d'un *quart*, dans l'hôpital d'une ville de province, par le fait de la volonté et du bon plaisir de commissions hospitalières !

O routine administrative ! Quelles surprises et quelles déceptions ne réserves-tu pas aux niais qui ont la sottise de croire en tes lumières et en la sagesse de tes actes ?

Si nous jetons un coup d'œil sur quelques maternités où l'on tient compte des enseignements de l'hygiène, nous constatons que les résultats sont relativement heureux et hors de toute comparaison avec les nôtres.

Ainsi, d'après Lefort, à Vienne de 1863-1854 elle a été de 2 pour 100.

Dans ces dernières années, à Dresde elle est tombée à 0,9 pour 100.

A Munich à 2, 1 pour 100.

A l'institut de St-Pétersbourg à 2, 9 pour 100.

A l'infirmerie de Workhousse de Marylebone à Londres à 1 pour 100.

A Rouen à 1 pour 133.

En 1881 au pavillon d'Arras 25 pour 100.

Quand on voit que, d'après la statistique de Lefort, dans les accouchements à domicile, soit de la classe aisée ou indigente, il ne meurt qu'une femme sur 212, que d'après Barnes, en Angleterre la proportion serait encore plus faible, il est permis de se demander si l'hôpital est bien ce que tant de gens pensent : *un asile bienfaisant pour la misère et la douleur ;* si cette institution charitable répond aux vues de ses bienfaiteurs et à la pensée du législateur de l'an II ; si la répugnance du pauvre pour l'hôpital n'est pas justifiée ; si l'on doit inviter les indigents à se rendre dans un milieu où beaucoup vont y chercher la mort au lieu d'y trouver la guérison ; si, enfin, les malheureux que la maladie ou le dénuement forcent à entrer dans ces asiles, n'ont pas lieu de regretter la situation des sauvages si bien exprimée par ces deux vers :

Chez eux tout est commun, chez eux tout est égal ;
Comme ils sont sans palais, ils sont sans hôpital.

Assurément la réponse n'est pas douteuse en ce qui concerne les femmes enceintes qui vont acccoucher à l'hôpital d'Arras.

25 décès sur 100 accouchements !!!!!!

Y pensez-vous administrateurs des hospices d'Arras ?

Vous doutez-vous des charges accablantes qui pèsent sur vos consciences ?

Si cette proportion effrayante de décès — **un sur quatre,** vous entendez bien — ne vous frappe point, il ne faut pas, croyez-moi, désespérer d'entendre le langage des faits. Il suffit, par exemple, d'avoir recours à un petit artifice : de penser que vos mères, vos femmes ou vos filles doivent se rendre dans une localité où, par suite de l'incurie et du mauvais vouloir de l'administration, règne une épidémie qui enlève le quart des nouveaux-venus. Y laisseriez-vous

aller les vôtres ? Voteriez-vous des félicitations à une administration aussi coupable ?

Ou bien, si cet exemple ne vous séduit pas, supposez
qu'en votre qualité *d'administrateurs,* vos fonctions vous
obligent à vous rendre à l'hôpital pour délibérer, non pas
dans cette salle somptueuse que vous vous êtes réservés,
mais dans un réduit malsain où, sur sept, un quart d'entre
vous y trouveraient certainement la mort !

Que diriez-vous, Messieurs ? Répondriez-vous que ce local
est convenable et suffisant pour remplir vos fonctions ?

J'en doute, ou plutôt, je suis convaincu que vous vous
empresseriez de décliner votre mandat ; ou bien les plus
braves d'entre vous s'écrieraient : qu'il n'est pas permis d'o-
bliger des administrateurs à se réunir dans un milieu aussi
dangereux ; ils s'empresseraient de mander architecte et
entrepreneur pour les charger de modifier, *au plus vite,* un
local aussi insalubre, ou d'en chercher, ou d'en construire
un autre.

Eh bien ! Ces situations qui vous révoltent lorsqu'il s'agit
des vôtres ou de vous-mêmes, ce sont celles que vous faites
aux femmes enceintes que nous accouchons ! Cependant, ce
sont des êtres vivants, qui, comme vous et les vôtres, font
partie de la grande famille de l'humanité ; qui, comme vous,
ont droit au banquet de la vie ; ce sont des filles, ce sont des
femmes, ce sont des mères, toutes plus au moins anxieuses,
qui viennent avec confiance vous demander un gîte pour y
déposer le fruit de leurs amours ; un asile que la loi et l'humanité vous obligent à leur fournir !

Que leur donnez-vous ? Où les placez-vous ?

Dans un pavillon qu'un siècle plus tôt, l'imagination et la
croyance populaires auraient désigné sous le nom de *salles du*

diable ; dans un local meurtrier où un quart d'entre elles y laissent la vie ! J'en appelle aux mèrcs de toutes les conditions, j'en appelle aux souvenirs de toutes les anxiétés qu'elles éprouvent à l'approche et au moment de leur accouchement, aux douleurs et aux joies de la maternité; et je leur demande, si faire accoucher des femmes dans cette tanière empoisonnée, ce n'est pas commettre un acte inhumain qui révolte leur conscience ?

Qu'auriez-vous à répondre à un père, à un mari, à un fils qui viendraient vous réclamer, l'un sa fille, l'autre sa femme, un troisième sa mère, et vous accuser d'être la cause indirecte, mais réelle, de leurs malheurs ?

Oseriez-vous, comme Pilate, vous laver les mains et vous innocenter en disant: que vous ne saviez pas que ce local fût aussi dangereux pour les accouchées ? Assurément non ; car, certes, à défaut de bonne volonté, les avertissements ne vous ont pas manqué !

Pourriez-vous invoquer un cas de force majeure qui a dérouté toutes vos prévisions, comme par exemple, l'entrée d'un grand nombre de femmes enceintes ? Pas davantage ; en effet, nous n'en avons eu que 20 en trois mois.

Diriez-vous que vous manquiez de ressources pour créer une autre installation? Encore moins; car personne ne vous croirait.

D'ailleurs, n'avez-vous pas les salles de la maternité ? Pourquoi donc les avoir laissées inoccupées au lieu de les mettre à notre disposition ?

L'agencement laisse à désirer, je le sais ; mais il eut été facile de mieux disposer ces salles, qui, jointes au pavillon, auraient constitué une installation qui, bien que passible encore de critiques, eut rempli beaucoup moins mal que ce dernier, les conditions imposées par l'hygiène hospitalière.

Que vous resterait-il à alléguer? Des craintes, des prétextes. Je me rappelle des hauts cris jetés lorsque j'ai pris possession de la maternité. J'allais, disait-on, installer la promiscuité des sexes dans cet établissement. Les badauds le croyaient et le répétaient.

Qu'il est beau, et de bon ton, à un certain degré de l'évolution vitale, de professer un rigorisme outré ! Est-ce que le triumvir Octavien, devenu le vieil Auguste, ne fut pas pris d'un bel amour pour la pureté des mœurs ?...... Soit, je le veux bien ; mais, pourquoi considérer les élèves sages-femmes comme les descendantes d'une Messaline, lorsqu'elles ont Lucine pour patronne ? Pourquoi ne voir dans les élèves en médecine que les représentants de ce gallinacé qui a éveillé le remords chez St-Pierre ?

Surveillez, si vous le jugez utile ; mais n'alléguez pas des craintes qui ne hantent que les imaginations faibles ou malsaines, et surtout, dégagez-vous de toutes ces petites considérations qui sont, comme Voltaire l'a dit si justement, *le tombeau des grandes choses.* Alors, l'on ne vous verra plus prendre de ces mesures injurieuses pour la jeunesse, attentatoires à son enseignement et funestes aux femmes en couches !

De ce qui précède, je conclus que les commissions hospitalières, ancienne et nouvelle, ont manqué à leurs devoirs et qu'elles encourent une large part de responsabilité dans les décès de nos accouchées.

CHAPITRE IV.

Les réformes nécessaires.

————◆◇◆————

Des études auxquelles je viens de me livrer, il résultera — j'en ai la profonde conviction — pour tout esprit éclairé et non prévenu, que, dans l'enseignement pratique des accouchements aux élèves en médecine à l'hôpital d'Arras, des réformes importantes s'imposent *absolument* à la commission des hospices.

Ces réformes, je les range sous deux chefs : les unes sont subjectives et les autres objectives.

Les premières ou réformes du dedans sont la condition *sine qua non* des secondes ou réformes du dehors ; et celle-ci découlent presque forcément de celles-là.

Par réformes subjectives, j'entends celles que la commission doit apporter dans l'*esprit* et les *sentiments* suivant lesquels elle interprète et exécute son mandat : les unes ont pour objet le développement de l'esprit d'examen, de l'esprit scientifique ; et les autres, le développement des sentiments qui conduisent au respect de la dignité humaine.

Il est bien entendu que les considérations que je vais émettre ont une portée générale et qu'elles ne s'appliquent pas spécialement à la commission des hospices d'Arras, qui, après tout, en vaut bien d'autres.

Cette réserve faite, je commence par soutenir que les reproches mérités par une foule de commissions hospitalières, ainsi que les abus et la grande mortalité qu'on relève dans beaucoup d'hôpitaux français, tiennent au recrutement et à la constitution de ces commissions.

En France, elles sont composées de magistrats, de prêtres, d'avocats, de notaires, de négociants, de propriétaires, etc., excepté toutefois de médecins. La présence d'un praticien dans une commission est un fait rare. Que dis-je? On les tient de parti pris à l'écart. Est-ce que l'assemblée nationale n'avait pas voté une loi par laquelle, le prêtre le plus âgé de la commune et le pasteur protestant faisaient partie de droit de la commission des hospices et des bureaux de bienfaisance, tandis qu'elle déniait le même droit à l'élément médical ? Lors de l'application de la loi Plessier, est-ce que le ministre de l'intérieur n'eut pas soin de rappeler aux Préfets d'anciennes instructions ministérielles, d'après lesquelles les médecins des hôpitaux et des indigents ne peuvent pas faire partie des commissions des hospices et de bienfaisance ?

Les législateurs et l'Autorité administrative trouvent donc qu'il est naturel et sage de confier, à des personnes complètement étrangères aux sciences médicales, la gestion d'affaires où les questions d'hygiène et de médecine forment la partie la plus importante et la plus difficile.

Cette manière de procéder, à laquelle l'habitude fait perdre ce qu'elle a d'étrange, n'en est pas moins absurbe.

Que diraient ceux qui la prescrivent et l'appliquent, si on leur proposait de faire entrer les médecins dans les conseils

de fabrique et d'en exclure les ecclésiastiques ; de former le
conseil supérieur des Ponts-et-Chaussées avec des notaires,
des avocats, etc., etc., excepté des ingénieurs ; de composer
des conseils de guerre avec des hommes de diverses profes-
sions en ayant soin d'en écarter les militaires ?

Ils se récrieraient avec raison contre l'insanité de pareils
projets, contre des fautes aussi grossières !

Et, cependant, ces fautes lourdes, est-ce qu'elles ne sont
pas commises journellement à propos des commissions hospitalières ? N'a-t-on pas vu, il y a deux ans, dans une ville
chef-lieu de département, un Préfet frapper à toutes les
portes pour compléter la commission des hospices, et s'adresser à des personnes qui ont eu la sagesse de refuser ce
mandat en déclarant leur incompétence ?

Nous ne nous arrêterions pas à regretter l'absence de l'é-
lément médical dans les commissions hospitalières, si les
conséquences n'en étaient point si graves, s'il ne s'agissait
pas de la vie des malades qui entrent dans les hôpitaux, et
si ce qui se passe à l'étranger ne venait pas confirmer ce que
la raison commande.

Si, en France, on a souvent l'occasion d'appliquer le mot
de Beaumarchais à l'égard de ceux qui occupent des emplois
publics, il est loin d'en être de même chez les autres nations.
Excepté en Belgique, « partout à l'étranger, écrit Lefort (1),
l'hôpital est, sous le rapport médical, dirigé par un médecin,
qui, dans les petits établissements, est en même temps médecin en chef ; qui, dans les grands hôpitaux, est tantôt
agent administratif, mais agent compétent dans ses fonctions, tantôt médecin en chef de l'hôpital, sans y avoir tou-

(1) Loc. cit , p. XVII.

tefois de service médical personnel ; mais, presque partout aussi, surtout quand l'hôpital a une certaine importance, à côté de ce directeur-médecin, existe un économe représentant l'élément financier et administratif, subordonné au directeur-médecin pour ce qui concerne la gestion médicale, subordonné seulement à l'administration centrale pour ce qui concerne la gestion financière.

C'est à l'élimination complète de l'élément médical, dans la conduite directe de nos hôpitaux qu'est dû l'état déplorable où ils étaient à la fin du siècle dernier et l'état défectueux dans lequel ils n'ont cessé d'être depuis 70 ans. Pour diriger les hôpitaux les meilleures intentions ne suffisent pas.

Qui oserait mettre en doute celles qui ont animé tous les directeurs généraux, tous les conseils administratifs qui se sont succédés à la tête de nos hôpitaux ?

Qui doute un instant que ces intentions n'aient été secondées par de hautes capacités financières et administratives ? Et cependant, notre nécrologie hospitalière, bien plus éloquente encore depuis que nous la comparons à celle des hôpitaux étrangers, parle plus haut et nous dit : Rien ne remplace, quand il s'agit d'hôpitaux, la compétence que peuvent seules donner de longues études, de longues années où chaque matinée a été passée dans les salles d'un hôpital ; l'intelligence et le dévouement ne remplacent pas la science et l'expérience : *cuique suum*. A l'administration la direction administrative et financière, aux médecins la direction des choses médicales !

« L'histoire seule de nos maternités suffit à mettre en lumière ces défauts de notre organisation. »

Oui, l'histoire de nos maternités suffit ; et si ce passage que nous empruntons au remarquable travail du professeur

Lefort, vient à l'appui de la thèse que nous soutenons, il reçoit à son tour une nouvelle confirmation par l'exposé que nous venons de faire des faits passés à la maternité d'Arras. Si l'administration de cet hôpital avait été confiée à des médecins connaissant l'hygiène hospitalière, l'on peut affirmer, sans contredit, que·jamais ils n'auraient voulu que des femmes fussent accouchées dans des locaux aussi malsains où un quart y trouvèrent la mort cette année !

‹ Mais, puisque l'administration des hôpitaux n'est pas confiée à des hommes compétents ; que ce fait, quelque fâcheux qu'il soit, doit être subi par les malades et les médecins, il n'en résulte pas moins pour ces derniers l'obligation d'appeler l'attention des commissions hospitalières sur l'organisation et la conduite des hôpitaux ; et pour celles-ci, le devoir de bien se pénétrer de l'importance et de la gravité des fonctions qui leur incombent, fonctions d'autant plus redoutables que la plupart des membres de ces administrations n'y sont nullement préparés.

Mon intention n'est pas de soutenir que les commissions hospitalières doivent étudier les sciences médicales, ce serait trop en exiger. Mais, ce qu'il est équitable de leur demander, et ce que l'on a le droit d'en attendre, c'est qu'elles se livrent au travail psychologique nécessaire pour les rendre aptes à comprendre et à accepter les vérités scientifiques, et les déterminer à conformer leurs actes aux préceptes consacrés par les sciences biologiques.

Pour atteindre ce but, elles doivent commencer par abandonner l'esprit autoritaire, routinier, étroit et quelquefois passionné qui les anime ; se débarrasser des préjugés et des idées préconçues qui meublent la tête du vulgaire à l'égard des choses de la médecine ; être convaincues que si leurs

pouvoirs sont considérables, ils demandent, chez ceux qu
les exercent, d'autant plus de sagesse, de lumières et de connaissances ; se persuader qu'agir ou s'abstenir par des
motifs étrangers ou contraires aux données de la science,
c'est le fait d'une présomptueuse ignorance ou d'un esprit
aveuglé par la passion ; ne point méconnaître que dans l'administration des hôpitaux les questions contentieuses ne
sont pas tout, et que le but dominant de l'institution c'est
de traiter et de guérir les malades ; savoir, que l'hygiène
hospitalière ne se borne pas à de vulgaires questions de
bâtiment, mais qu'elle repose sur l'étude des causes des
maladies et sur l'action préservatrice et quelquefois curative
du milieu, que la connaissance de ces faits demande des
études et de la réflexion, et que l'on ne sait que ce que l'on
a appris; avoir la sincérité de convenir que les hommes, qui
occupent leur activité intellectuelle à des études spéciales,
en savent plus que ceux qui les négligent, que l'avis des
médecins compétents doit être pris en grande considération ; ne jamais perdre de vue que quand il s'agit d'appliquer
les sciences à la guérison des malades et à la prolongation
de la vie, il faut éviter d'avoir l'œil obscurci par les passions
humaines, s'attacher à acquérir ou à conserver cette liberté
d'esprit qui nous permet d'observer les faits avec attention,
de déterminer les conditions de leur manifestation, leurs
effets, leur enchaînement et les lois qui les régissent, de
manière à savoir, à prévoir, et à pouvoir prévenir.

En se livrant au travail psychologique que je viens de
recommander, en s'habituant à user de leurs facultés intellectuelles comme je viens de l'indiquer, les commissions
hospitalières acquerraient l'esprit scientifique indispensable
à l'exercice de leurs fonctions. Alors, elles seraient à même

d'écouter les avis des médecins, de comprendre l'utilité des réformes qu'ils réclament et de suivre leurs conseils. Au lieu de les éconduire, comme cela eut lieu à l'hôpital d'Arras, par des fins de non-recevoir grotesques, quand elles ne sont pas absurdes et inhumaines, elles étudieraient avec eux les questions soulevées, chercheraient de bonne foi le vrai et l'utile, et s'empresseraient d'en faire l'application pour le plus grand bien des malades.

* *
*

La deuxième réforme subjective a pour objet le développement du respect de la dignité humaine, et des sentiments de bienveillance et d'humanité dans l'ensemble du personnel hospitalier.

Dans ces temples élevés par la bienfaisance à la charité publique, et où l'on s'attend à y voir régner le respect pour le malheur, la compassion pour la douleur, et des soins dévoués pour tous, il semble, à première vue, que dans cet ordre de faits, il ne doit pas y avoir de réformes à désirer. C'est encore là une illusion donnée et entretenue par une éducation remplie de préjugés, et une civilisation tissée d'erreurs. Ah! ce n'est pas, généralement, dans ces asiles que le respect de la dignité humaine et le dévouement font élection de domicile : là les abus abondent, la routine les impose, l'ignorance les approuve, l'indifférence se tait, et la misère subit le tout en silence !

Ceux qui ont vécu dans les hôpitaux, ceux qui observent les faits sans se laisser leurrer par de vaines apparences, savent comment les choses se passent : un malade qui arrive à l'hôpital est un *entrant;* il est plus ou moins bien examiné,

soigné et nourri, selon le caprice de ceux qui l'entourent ;
s'il meurt c'est un *décès* ; s'il quitte l'hôpital, guéri ou non,
c'est un *sortant*.

Cette allée et venue se passent sous les yeux du personnel
hospitalier sans exciter en lui un bien vif intérêt ; l'habitude semble avoir émoussé sa sympathie ; il assiste au mouvement de l'hôpital avec l'indifférence et la sécheresse de cœur
d'un hôtelier: pour les administrateurs, c'est surtout une
question de budget et d'économie; pour ceux qui donnent
les soins, une besogne qu'il faut abréger.

Les médecins des hôpitaux n'échappent pas tous aux reproches que je formule : défenseurs les plus autorisés des
droits des malades, ils oublient quelquefois de les revendiquer, soit par défaut de caractère, soit par suite de complai-
sances et de faiblesses coupables à l'égard des commissions
hospitalières; ou bien, par leur conduite routinière, ils
méritent ces reproches de Montfalcon :

> *Là, le long de ces lits où gémit le malheur,*
> *Victime des secours plus que de la douleur,*
> *L'ignorance en courant fait sa ronde homicide,*
> *L'indifférence observe, et le hasard décide.*

Parmi les membres du personnel hospitalier, ceux à l'esprit laïque excusent leur indifférence en disant : les malades
sont assez bien soignés comme cela ; chez eux ils n'en ont
pas autant.

Les personnes à l'esprit religieux s'excusent autrement:
pour elles, le corps n'est qu'une guenille destinée à subir une
série de mortifications qui sont autant d'à-comptes pour obtenir une vie meilleure. Seulement, elles oublient que c'est

une guenille chère à tous, et que chacun pense comme Chry-
sale :

Guenille, si l'on veut, ma guenille m'est chère.

Les faits que j'ai rapportés, concernant la pratique des
accouchements à l'hôpital d'Arras, démontrent jusqu'à
quel degré, le personnel de cet établissement, en général,
à commencer par les commissions administratives, a poussé
l'indifférence et le manque de respect à l'égard des femmes en couches.

Lorsqu'il s'agit des filles-mères, à l'indifférence s'ajoute
le mépris. Ce sont de mauvaises créatures indignes de pitié
et dont la mort seule est capable d'expier la faute. Aussi, à
quoi bon leur donner des soins convenables ? Bien les traiter, n'est-ce pas les engager à recommencer ?

Un jour, un administrateur me demande comment va l'une
d'elles ? Lui apprenant qu'elle est sur le point de succomber,
il s'empresse de m'en exprimer sa satisfaction en s'écriant :

. . . .

Quelles réformes, me disais-je, puis-je attendre d'un homme
qui professe de pareils sentiments sur la vie d'une accouchée ?

Esprits légers et inconsciemment inhumains, apprenez que
votre conduite est cruelle et entraîne des conséquences graves ! Croyez-vous donc que la conjonction des sexes est une
affaire de raisonnement et de réflexion ?

« A ne consulter que la raison, disait Chamfort, quelle
femme, pour une épilepsie de quelques minutes, se donnerait une maladie d'une année entière ? »

Sachez qu'une sévérité malveillante à l'égard des filles-
mères les conduit au désespoir et au crime, et qu'alors elles
ne sont plus seules responsables !

Quetelet, toujours si réservé, a dit avec raison : Le crimi-
nel exécute le crime, mais c'est la société qui le prépare.

Si les faits que j'ai rapportés dans ce travail, si les considérations que je viens d'exposer vous laissent indifférents,
s'ils ne suffisent pas pour éveiller en vous le sentiment de
la compassion et du respect de la vie humaine, informez-
vous de ce qui se passe dans les maternités étrangères et
voyez si votre conduite mérite des félicitations : « A Vienne,
dit le professeur Lefort, à Prague, une femme peut venir
faire ses couches sans faire connaître son nom et son état
social ; mais elle ne peut être reçue que dans la section
payante de la maternité.

A Saint-Pétersbourg, à Moscou, elle peut se présenter à la
maternité la figure cachée sous un voile et même sous un
masque ; une des chambres particulières de la section dite
secrète lui est gratuitement ouverte ; elle peut, en conser-
vant son masque garder, si elle le veut, le plus strict inco-
gnito, ne laisser entrer dans sa chambre et qu'autant qu'elle
le désire le médecin et la sage-femme ; sortir en emme-
nant avec elle ou en abandonnant son enfant, à la seule
condition de déposer lors de son entré entre les mains du
directeur un pli cacheté renfermant son nom et son
adresse, pli qui est ouvert en cas de mort, mais qui lui est
remis intact à sa sortie.

Y a t-il dans ces mesures, qui en France nous paraissent
extraordinaires, excès d'un libéralisme mal entendu ? Telle
n'est pas mon opinion. Il est des cas où une faute commise
place la femme dans l'alternative du déshonneur ou d'un
crime, où l'égarement la pousse à l'avortement ou à l'infanticide (1). »

(1) Lefort loc. cit. p. 8.

Plus loin, à propos, de la maternité de Prague, le même auteur écrit : « Le 17 août 1789, l'empereur Joseph II créa à Prague un établissement spécial pour les accouchements et l'entretien des enfants trouvés. Les femmes enceintes étaient antérieurement reçues dans le Wälsche Spital, qui ne renfermait pour elles que trente lits.

Le décret qui annonçait la création de la maternité renfermait une phrase qui mérite d'être citée, et qui mériterait plus encore d'être méditée à l'époque actuelle. D'une philanthropie éclairée, sachant que ce n'est pas moraliser les femmes que de les pousser à l'infanticide ou à l'avortement en les forçant pour être secourues, à divulguer leur faute, Joseph II disait : « La maison d'accouchements offre aux « femmes enceintes et malheureuses les secours nécessaires « et prend l'enfant sous sa protection. Désormais le manque « d'asile et la peur de la honte ne servira plus d'excuse aux « mères pour tuer leur enfant. L'asile pour les femmes « enceintes et malheureuses existe ; elles sont invitées à y « venir. et l'on ne s'inquiétera ni de leur religion ni de leur « position sociale. » On gardait en effet le secret le plus absolu (1). »

Chez nous, il est une époque de notre histoire où les pouvoirs publics ont aussi compris que la fille-mère devait être l'objet de secours plutôt que de mépris.

Un décret de la convention, en date du 17 pluviôse, an II, accorde un secours à une mère et à son enfant naturel. Malheureusement ce décret ne fut jamais exécuté.

En dehors de ces exemples si frappants, est-ce que la loi morale n'oblige pas ceux qui administrent les hôpitaux à

(1) Lefort loc. cit. p. 153.

faire pour les malades ce qu'ils voudraient qu'en pareil cas,
l'on fît pour eux-mêmes? Entourer de respect et de soins
l'être souffrant qui vient s'isoler de sa famille dans un hôpital, n'est-ce pas un devoir pressant, une affaire de justice,
une obligation qui s'impose, d'autant plus impérieusement
à la conscience, que les pauvres malades n'ont, dans le milieu
hospitalier, personne des leurs pour défendre leurs intérêts?
Leur témoigner de la bienveillance et de la sympathie, leur
donner des marques de dévouement, n'est-ce pas répondre
au but de l'institution, et suppléer aux soins affectueux de
la famille dont l'absence se fait si vivement sentir sur les
malades des hôpitaux?

Etre juste, être humain, ne sont-ce pas des qualités
indispensables aux commissions hospitalières et à leurs
subordonnés, vis-à-vis desquels elles doivent prêcher d'exemple?

Si la dignité humaine doit-être respectée, si l'homme
doit être sacré pour l'homme, *homo res sacra homini*, ainsi
que la raison publique l'a déclaré à une époque glorieuse de
notre histoire, n'est-ce pas surtout dans les hôpitaux?

Ces qualités, ce respect, ne sont-elles pas la première condition pour faire le bien? En effet, si les connaissances éclai-
rent l'esprit, c'est le cœur qui donne l'impulsion, qui est
l'incitateur des actes et les vivifie. Et, s'il est vrai,
comme l'a dit Vauvenargues, qu'il est l'origine des
grandes pensées, je soutiens qu'il est aussi l'origine des
grandes actions, et qu'une commission hospitalière qui manque de cœur ne fera jamais rien de grand.

Les réformes *objectives* sont de deux ordres : les unes ont rapport à l'enseignement pratique de l'obstétrique ; les autres aux locaux dans lesquels nous pratiquons les accouchements à l'hôpital d'Arras.

Les premières sont faciles à réaliser : il suffit de donner satisfaction aux vœux du conseil municipal, c'est-à-dire, de porter à six mois, au lieu de trois, la période pendant laquelle les étudiants en médecine pratiquent, chaque année, les accouchements.

Je sais que l'article 18 du règlement de 1841 n'exige que trois mois, mais je sais mieux que cette durée est insuffisante ; je soutiens qu'en l'augmentant la commission hospitalière ferait acte d'intelligence, de sagesse et d'humanité ; et je pense qu'elle préviendrait les désirs de l'Autorité universitaire et ne ferait que la devancer : avec le Ministre de l'Instruction publique, M. Ferry, qui sait imprimer à toutes les branches de l'enseignement une impulsion si vigoureuse ; avec M. l'Inspecteur général Gavarret qui s'efforce, à si juste titre et avec tant d'à-propos, de relever le niveau de l'enseignement médical, il est permis d'espérer que la réforme que je sollicite, auprès de la commission hospitalière, ne tardera pas à devenir obligatoire.

*
* *

Les réformes relatives aux salles d'accouchements sont complexes et doivent être opérées d'une façon radicale.

La première consiste à condamner le pavillon actuel pour les accouchements ; tout au plus, — et encore temporairement — pourrait-il servir d'infirmerie pour les femmes atteintes de septicémie puerpérale. Nous avons démontré assez longuement son insalubrité pour qu'il soit inutile d'y revenir. Aussi, *nous déclarons formellement*, quelles que soient les résolutions de la commission des hospices, *que nous n'y pratiquerons plus les accouchements.*

S'il est, en pratique obstétricale, trois faits bien démontrés, c'est :

1º Que la plupart des femmes en couches ou accouchées, qui meurent dans les hôpitaux et les maternités, succombent aux suites de la septicémie puerpérale ;

2º Que cette maladie prend naissance dans de mauvaises conditions hygiéniques et surtout sous l'influence de l'encombrement;

3º Qu'elle est éminemment contagieuse.

D'autres faits, également bien établis, par l'observation et l'expérience, prouvent que l'on s'oppose, au développement et à la propagation de la septicémie puerpérale, en évitant l'encombrement, en fournissant aux femmes en couches un air pur, en les entourant des plus grands soins de propreté, et en isolant rigoureusement les femmes saines de celles qui sont atteintes, ou commencent à subir les premières atteintes de septicémie puerpérale.

C'est en m'appuyant sur ces données fournies par la pratique obstétricale et que l'hygiène hospitalière a mises si heureusement à profit dans plusieurs maternités, c'est en mettant à contribution les conseils des praticiens les plus autorisés, que je vais formuler les conditions principales que doivent remplir les locaux destinés aux accouchements.

A. Le bâtiment affecté aux femmes en couches doit être, autant que possible, éloigné de l'hôpital et isolé, de manière à ce qu'un air pur circule librement autour.

B. Les salles ne doivent contenir qu'un petit nombre de lits, quatre par exemple, dont deux occupés par des accouchées et les deux autres par des femmes enceintes qui assistent les premières. C'est le moyen d'éviter qu'une femme atteinte de septicémie ne propage immédiatement la maladie à un grand nombre d'accouchées La capacité des salles doit être assez vaste pour fournir à chaque femme de 80 à 90 mètres cubes d'air ; elles ne doivent pas se commander.

C. Le nombre des salles doit être double de celles nécessaires au service des femmes enceintes, pour pouvoir pratiquer l'alternance, c'est-à-dire, qu'une salle qui vient de servir à une première série d'accouchées est abandonnée pour en prendre une autre. On la nettoye, on tient les fenêtres constamment ouvertes, et on ne la reprend que lorsque la seconde a servi à une nouvelle série d'accouchées.

D. Les salles doivent s'aérer facilement et être tenues dans le plus grand état de propreté ; c'est le seul luxe qu'il aut s'attacher à fournir.

E. Les literies doivent être l'objet d'une attention toute particulière : il ne suffit de changer les draps, il faut que les couvertures soient secouées, tenues plusieurs jours à l'air et même passées à l'étuve.

Pour rendre le renouvellement du lit plus complet, il serait nécessaire de remplacer les matelas par des paillasses en paille de seigle que l'on brûle après chaque accouchement. C'est une pratique suivie dans plusieurs maternités et dont on se trouve très bien.

F. Aux salles d'accouchements doit être annexée une infirmerie destinée à recevoir les femmes atteintes de septicémie puerpérale. Aucune communication ne doit exister entre les deux bâtiments, exceptée celle nécessaire au transport des femmes malades dans l'infirmerie. Le personnel des deux services doit être aussi complètement séparé, et n'avoir aucun rapport.

Le service médical et l'enseignement pratique de l'obsétrique exigent des mesures particulières que le professeur se réserve d'indiquer et de faire appliquer en temps opportun.

Telles sont, MM. les membres de la commission des hospices d'Arras, les réformes que la loi, la science, la morale et l'humanité imposent à votre activité, et auxquelles vous ne pouvez vous dérober sans faillir à votre mandat, et sans continuer de manquer de plus en plus gravement, et d'une façon qui bientôt serait scandaleuse, aux devoirs qui vous incombent.

TABLE.

———◦◦◦———

Arras, Imp. et Lith. E. BRADIER, rue Saint-Maurice, 76.   361-2

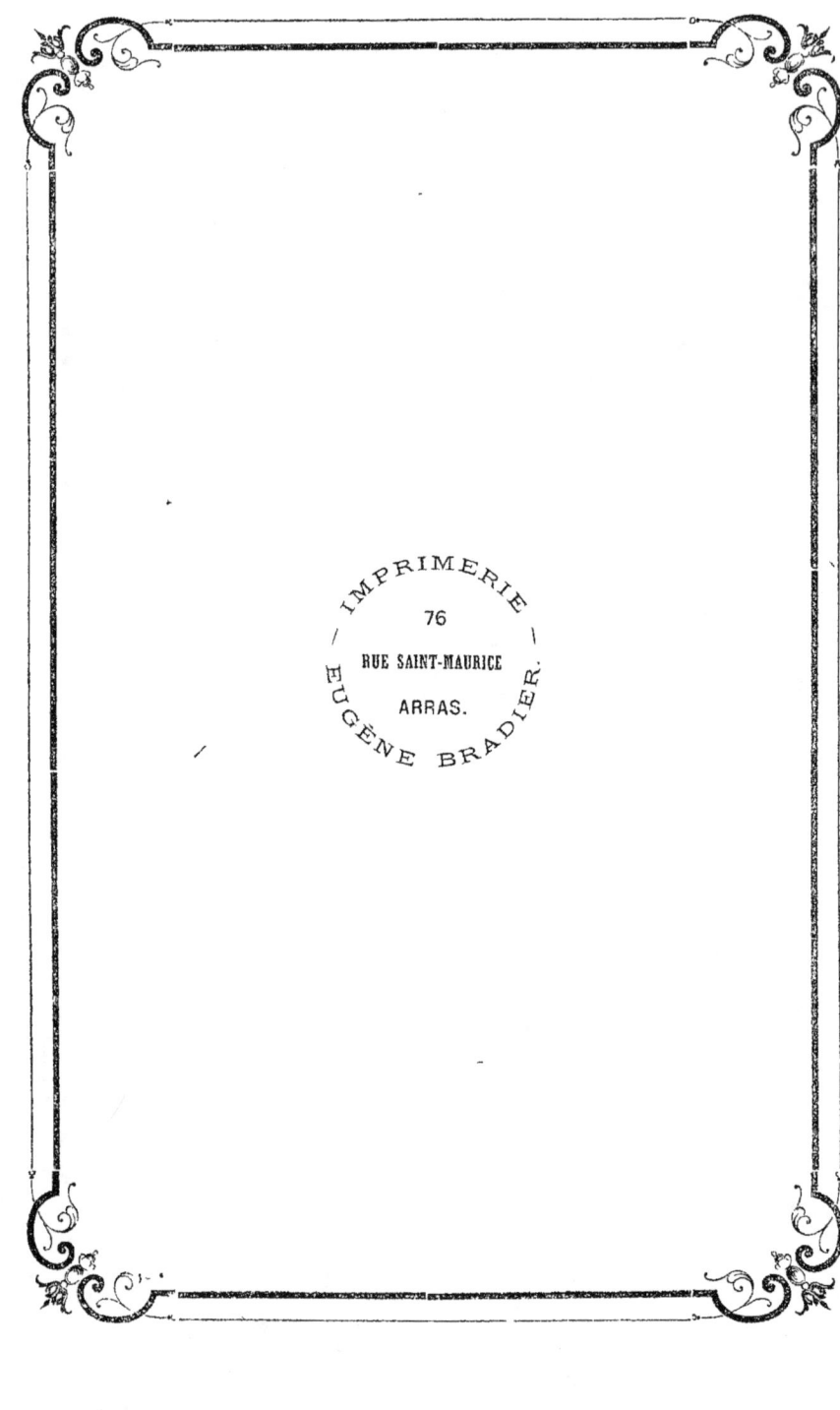

IMPRIMERIE

76

RUE SAINT-MAURICE

ARRAS.

EUGÈNE BRADIER.

www.ingramcontent.com/pod-product-compliance
Lightning Source LLC
Chambersburg PA
CBHW060830250626
47162CB00005B/2019